오늘도 책을 권합니다

오늘도 책을 권합니다

북큐레이터가 들려주는 책방 이야기

하루하루 쌓아온 20년 책방 운영 노하우 & 미래의 서점

노희정 지음

소동

일러두기

1. 책방 운영자와 책방지기
책방 운영자는 책방을 연 대표 사업자를 일컫는 말로 회계, 관리, 유통까지 책임지는 이를 말한다.
책방지기는 책방을 열고 닫을 때까지 책을 추천하고 책방을 지키는 사람을 말하며, 책방 운영자도 여기에 포함된다.

2. 북큐레이션(book curation)과 북클리닉(book clinic)
북큐레이션은 책방과 도서관에서의 서가 편집(책 배치와 전시)을 일컫고, 개인에게는 맞춤형 책 추천을 말한다.
북클리닉은 북큐레이터의 도움으로 개인별 소장 목록과 독서 이력을 점검하고 앞으로 받을 책 목록을 선정 받는 프로그램을 말한다.

책을 권하는 즐거움에 이끌리다

우리 부부는 2000년 2월에 '곰곰이'라는 이름으로 책방을 시작했다. 장사라고는 해본 적도 없이 아무 것도 모르고 그저 책이 좋아서 책방을 차렸다. 내가 책을 좋아하듯이 다른 사람들도 책을 좋아할 줄 알았다. 멋모르고 꿈에 부풀어서 시작한 일이라 지금까지 잘 버티고 있는지도 모르겠다.

책방 이름은 남편과 함께 만들었다. 나는 책방뿐만 아니라 책과 관련된 다른 사업에도 잘 어울리는 이름을 원했고, 남편이 '곰곰이 생각한다'의 '곰곰이'를 제안했다. 책방과 함께 한 달에 한 번 〈곰곰이 어린이 청소년 신문〉도 만들었다. 그렇게 시작한 책방과 신문이 20년이 넘었다.

어렸을 때부터 책을 가까이 하기는 했지만 책과 관련된 일을 평생하게 될 줄은 몰랐다. 아마 책을 좋아했다기보다는 글 읽는 것을 좋아해 책을 읽게 되었고 그 분야의 일을 찾아 나선 것 같다.

국어국문학과를 다닌 덕에 첫 아르바이트가 출판사 교정 일이었고 책과 인연이 닿아 일을 한 것이 그때부터였다. 그 후 문예지와 아동물 전집 만드는 일을 하다가 어린이·청소년 전문 책방을 열게 되었다.

책방을 열 당시에는 전국에 어린이 책방만 120개가 넘었다. 지금은 그중 남아 있는 책방이 20개도 채 되지 않는다. 앞으로 책방은 힘들겠구나 하는 생각이 들었는데, 몇 년 전부터 개성 넘치는 다양한 형태의 책방들이 생겨났다. 이들은 책을 사랑하는 책방지기들의 새로운 아이디어로 기존 동네서점의 틀을 넘어 저마다 색깔 있는 공간으로 변신하고 있다.

그래서 다시 초심으로 돌아가 책방들을 둘러보고 있다. 시대가 달라져 독자들이 무엇을 원하고 책방 운영자는 무얼 내밀 수 있는지 직접 보고 싶었다. 그러면서 알게 된 사실이 있다. 새로운 형태의 책방들은 지난 5년간 시행착오를 겪으며 사라진 책방과 살아남은 책방으로 나뉘고 있었다.

책방은 허가제가 아니라 신고제이므로 누구나 차릴 수 있다. 하지만 좋은 마음으로 시작한 책방 공간을 유지하는 것은 쉬운 일이 아니다. 이 책은 우연히 곰곰이 책방을 들렀던 출판사의 제안을 받아 시작되었다. '나의 20년 책방 운영 이야기가 누군가에게 도움이 될 수 있지 않을까?'라는 생각이 들어서 용기를 냈다.

책방을 시작하면서 알아두어야 할 것들과 운영하면서 고민해 왔던 것들을 이 책에서 이야기하고 싶었다. 책방을 차리는 방법, 독자들과 소통하는 법, 책방지기들이 지켜야 할 운영 원칙들, 북큐레이터(book curator)의 역할, 출판사, 도서 유통과의 관계 등을 참고로 하면 시행착오를 덜 겪지 않을까 그런 생각이 들었다. 무엇보다 책방지기들이 가장 고민하는 부분인 북큐레이션(book curation)에 대해 이야기하고 싶었다. 매일 독자 맞춤형 책 선정을 하는 곰곰이 책방의 실례가 고민을 해결하는 데 도움이 될 것이라 생각한다. 우리가 권하는 책을 읽고 다시 책방을 찾는 이들을 만나는 건 북큐레이터로서 기쁨이다.

책방 식구들과 책방에서 하루 종일 일하다 보면 어느덧 하루가 가고 계절이 바뀌고 한 해가 지나간다. 우리 모두 코로나 바이러스의 대유행으로 인해 어려운 시기를 보내고 있지만, 이런 힘든 때에도 꾸준히 회원들이 책을 사러 오고 방역 수칙을 지키며 강좌에 참여하는 것을 보고 감동을 받았다. 회원들과 20년을 함께 이 공간을 유지해온 것이라는 사실을 새삼 알게 되었다. 이 책이 즐거운 고민을 하는 책방지기들과 책방을 드나드는 분들, 책 권하는 일을 하는 도서관 활동가와 사서, 북큐레이터들에게 도움이 되면 좋겠다.

노희정

차례

"북큐레이션이 잘되어 있으면 책을 싫어했던 사람도 책을 선호하게끔 해주고 책을 좋아했던 사람에게는 새로운 책의 방향을 제시해줄 수 있다. 가장 큰 효과는 좋은 책을 고르는 안목이 생기고 책이 주는 즐거움이 자리 잡는다는 것이다."

책방에 대한 환상과 기대

$$1$$

책방은 다양한 테마로 나를 이끄는 공간이다

가까운 중대형서점에 들어가보면 참 다양한 책 코너들이 우리를 유혹한다. 책을 주문했거나 꼭 필요한 책만 구입하러 갔다 하더라도 시간만 있다면 더 둘러보고 싶은 곳이 책방이다. 들어서는 순간 풍기는 종이 냄새는 그 어느 비싼 향수의 향기보다도 마음을 안정시킨다. 정리가 잘되고 분류가 잘되어 있는 대형서점 같은 경우는 코너마다 신간이 빨리 노출된다. 물론 주력하고 있는 출판사의 책이나 베스트셀러 작가의 책만 올라오는 경우도 있기는 하다. 그럼에도 중대형서점은 지적 호기심을 불러일으키기에는 좋은 곳이다.

시집과 에세이 코너에 가면 마음을 파고드는 한 줄의 제목이 설레게도 하고 책을 열어보게도 한다. 에세이 코너에서는 요즘 젊은이들의 마음을 대변해줄 수 있는 내용의 책과 중·노년의 쓸쓸함을 털어놓는 책이 눈에 띈다. 시집 코너에는 꾸준히 시집을 내는 시인의 작품이 있는가 하면, 요즘은 인터넷으로 미리 시를 공개해 반응이 좋으면 나오는 시집도 있다. 또 오래도록 국민 시인으로 자리 잡은 윤동주, 김소월의 시집은 별도로 초판 디자인으로 나와 있기도 하다. 소설 쪽으로 가면 문학의 세계로 빠져든다. 여행서는 떠나고 싶게 하는 묘한 매력이 있어 좋고, 실용서는 무엇을 어떻게 해야 하는지 실질적인 도움을 준다.

중대형서점은 이렇게 다양한 영역에서 손님들의 욕구를 충족시켜주고 다양한 테마로 사람들을 이끈다.

반면 동네책방은 규모는 작지만 다양한 색깔로 우리를 책 속으로 안내한다. 대개 책방 내부는 책방 주인과 잘 어울리는 책들이 전시되어 있다. 그리고 신간 위주가 아니다. 구간이라도 그 지역이나 계절과 잘 어울리는 책들이 꽂혀 있어 숨은 보석 같은 책을 발견하는 기쁨을 얻게 된다. 중대형서점에서는 내가 이미 필요하다고 여기는 책을 찾는 경우가 많다. 반면 동네책방은 그곳에서 추천하는 책들이 뭘까 하는 기대로 들어가게 된다. 그래서 더 신선한지도 모르겠다. 내가 아직 발견하지 못한 새로운 세계의 책을 추천받아 사게 되면 지적 호기심이 더 많이 생긴다. 책방 주인들이 읽어본 검증된 책들이 많고 설명을 들을 수 있기에 더 좋다.

출판사에서 직접 운영하는 북카페 형식의 책방도 있다. 이는 한 출판사의 책만으로 책방을 꾸릴 정도의 출간 종수 규모가 되는 출판사여야 가능한 일인데, 자신의 건물이 있는 출판사는 1층에 이런 장소를 두는 경우가 종종 있다. 지금은 꼭 대형출판사가 아니더라도 북카페 겸 책방을 하는 곳이 늘어서 출판 경향과 색깔을 알 수 있다.

이런 책방은 그 출판사만이 지닌 고유의 색깔과 방향을 볼 수 있어 좋다. 다른 출판사 책은 거의 없기에 그동안 여러 출판사 책을 고루 볼 때 느끼기 어렵던 한 출판사만의 맛과 깊이에 흠뻑 빠져들 수 있다. 출판사의 맛이 궁금해질 때 들르면 좋겠다는 생각이 든다.

책방을 들러보는 재미가 느껴지면 책을 고르는 범위가 넓어지고 내 정신세계도 더 풍요로워진다. 책방에 거는 기대도 조금씩 커진다. 다시 그 책방을 방문했을 때는 조금씩 달라진 모습도 보고 싶고 추가로 서가에 꽂힌 책이 있는지 꼼꼼히 보게 될 것이다. 책방은 이제 필요한 책만 사러 가는 곳이 아니라 개개인마다 다른 의미로 다가설 수 있게 되었다.

마음이 풍요로워지는 만남의 장소

종로서적은 한때 우리나라 서점 규모 1위인 곳이었다. 대학생 시절 나는 사람들과 약속을 할 때 만남의 장소로 종로서적 2층 시집 코너를 자주 이용했다. 종로2가 보신각종이 있는 종각에 5층 건물로 우뚝 서 있던 종로서적은 비좁고 불편했지만 위치가 좋은 덕에 만남의 장소로 적당했다. 특히 시집 코너는 짧은 시간에 좋아하는 시인의 시도 읽을 수 있고 그동안 접하지 못했던 시인의 시도 만날 수 있어 매력적이었다. 종로서적 2층 시집 코너는 사람에 대한 추억과 책에 대한 추억이 함께 어우러져 있는 곳이다.

하지만 시대의 변화에 호응하지 못하고 95년의 역사를 갖고도 부도를 맞게 되었다(2002년 폐점). 나처럼 그 장소를 책과 사람을 만나는 장소로 생각했던 전 종로서적 직원들이 후원을 받아 다시 되살리기도 했다(2016년 개장). 그러나 그때 그 장소는 아니고 지하에 있는 서점으로 다양한 문구류와 팬시용품을 함께 판매하고, 지점도 운영하고 있다.

다음으로는 신촌역 앞에 있는 홍익문고였다. 종로보다는 자주 가지 않았지만 누군가를 만나기로 하고 미리 가서 사고 싶었던 책을 사가지고 나오곤 했다. 한때 이 지역이 재개발 지역으로 지정되어 학생들과 주민들이 반대 서명 운동을 펼쳐서 겨우 살리는 등 풍파도 겪었지만, 지금은 서울 미래유산으로 지정되어 안전하게 운영되고 있다.

책이 있는 곳은 참 낭만적인 만남의 장소였다. 그곳에서 구입한 책에는 앞면에 언제 어디에서 누구와 구입했는지 손글씨로 적혀 있다.

자본력이 있어 위치가 좋은 대형서점은 드나드는 사람들도 많고 여러 코너가 마련되어 있다. 덕분에 볼 게 많아서 책을 꼭 사지 않아도 마음이 풍요로워지는 장점이 있다. 더구나 앉을 수 있는 장소가 구석구석 많아 사람들은 시간 가는 줄 모르고 책을 읽거나 휴대폰을 본다. 요즘은 문구, 팬시용품까지 있어서 참고서를 사러 간다거나 친구랑 아이쇼핑을 하기 위해 찾는 곳이기도 하다.

작은 책방을 하는 나로서는 대형서점이 들어온다면 경계해야 하는데 독자 입장에서는 반가울 수밖에 없다. 다양한 코너들이 있으니 연령에 구애받지 않고 가족들이 함께 가서 각자 자기 책을 골라 살 수 있기 때문이다. 그리고 누군가와 시간 약속을 할 때 위치가 좋은 서점에서 만나기로 하면 조금 늦어도 책을 보면서 기다릴 수 있으니 이해의 폭도 넓어지게 된다.

대도시 좋은 위치에 있는 큰 서점과는 달리, 몇 년 전부터는 동네마다 작은 책방들이 생겨 다양한 볼거리·먹을거리가 늘고 있다.

위치도 불편하고 비좁을 수 있지만 동네책방에서의 경험은 대형서점과는 다르다. 친구한테 신선한 만남의 장소도 알려주고 그곳에서만 볼 수 있고 살 수 있는 책을 서로에게 선물한다면 그 장소는 더욱 빛날 것이다.

예를 들면, 통영 책방에서 친구를 만난다고 해보자. 통영 친구가 나에게 그곳 출신의 작곡가 윤이상이나 백석 시인, 유치환 시인에 관한 책을 선물해 주면 추억은 더 오래 남게 된다. 요즘은 독립출판과 동네책방을 함께하는 경우도 있어서 특정 동네책방에서만 구할 수 있는 희귀본이 있다.

범위를 좀 더 넓힌다면, 다락방이나 게스트룸이 있어 북스테이가 가능한 동네책방에서의 만남도 꿈꿀 수 있다. 친구들과 오랜만에 여행하는 장소로 책방을 선택한다면 친구와 색다른 추억을 쌓을 수 있다. 간단한 간식과 차도 준비하고 책방에서 만나 그동안 사고 싶고 읽고 싶었던 책을 골라보자. 책 이야기도 하고 서로 살아온 이야기도 하면서 하룻밤을 보내고, 다음 날 책방 운영자와 아침을 먹으면서 이야기를 나누고 헤어진다면 더욱 뜻깊은 만남이 될 테다. 책방 운영자와 친해지면 친구와 함께 추억으로 남길 수 있는 사진도 부탁해 보자. 그렇게 되면 다음에 다른 친구를 그 동네책방에서 만나더라도 낯설지 않고 재방문의 여유도 가지게 된다.

좋은 커피와 맛있는 음식이 있는 곳만 만남의 장소가 되는 것은 아니다. 이렇게 책이 있는 곳도 근사한 만남의 장소가 될 수 있다.

책방은 운영자의 마음이 보이는 곳

책에 대한 생각은 사람마다 다 다르다. 책을 좋아하여 책방에 계속 드나들다가 그 공간의 매력에 빠져 직접 책방을 차리는 사람도 있을 것이다. 책방을 열기까지 책과의 인연이 있었기에 책방 운영자가 되지 않았을까 생각하게 된다.

내 경우는 어린이책을 계속 봐야 했다. 그런데 인터넷이 없던 시절 동네책방에서나 중대형서점에서는 구할 수 없는 어린이책이 있어서 아예 어린이·청소년 책방을 열게 되었다. 당시에 어린이책 출판사들은 어린이 책방만 유통을 했는데, 책방 운영자가 되면 좋은 어린이책을 도매상을 통해 하루 만에 구할 수 있다는 것을 알고 책방을 차릴 결심을 했다.

남편과 6개월간 전국 책방들을 둘러보고 다녔다. 책방 위치가 참 제각각이었는데, 위치가 좋더라도 서가에 꽂힌 책이 알차지 못하면 참고서나 사러 가는 우리 동네 서점과 다를 바가 없었다. 반면 위치가 안 좋아도 책방이 갖춘 목록이 알차면 다음에도 또 들르고 싶은 마음이 생기기도 했다.

책방 운영자의 철학이 담긴 곳이 책방이라는 공간인데 가장 먼저 눈에 띄는 것은 책방 이름이다. 강화도에 있는 책방 '국자와 주걱'은 김현숙 대표가 운영하는 북스테이 책방으로, 음식을 나누는 국자와 주걱처럼 책과 마음을 나눈다는 뜻으로 지은 이름이라고 한다. 힘들어하는 사람들이 와서 쉬면서 책을 보는 편한 곳이 되었으면 하는 책방지기의 바람이 담겨 있다고 한다.

소박하면서도 부르기 좋은 정겨운 이름이 있는가 하면, 좀 근사해 보이는 외국어나 외래어에서 이름을 따와 그 뜻을 꼭 물어보게 하는 책방도 있다. 전국 책방 이름들을 보면 책 제목에서 따온 이름이 많다. 이름마다 운영자의 성향이 보여 특색이 있다.

간판이나 입구도 운영자의 취향에 따라 달라진다. 작게 팻말 정도로 책방 이름을 써놓은 곳도 있고, 어떤 운영자는 크게 알리고 싶어 잘 보이도록 간판을 달고 안내 문구까지 설치해 놓기도 한다.

위치가 주는 매력도 다 달랐다. 지하인 경우는 빛이 들어오지는 않지만 입구부터 아늑한 느낌이 있고 아지트로 들어가는 기분이다. 햇빛에 책이 바랠 경우는 없으니 안심이 되지만 환기에 신경 써야 하고 조명과 책장·동선이 고려되어야 불편함을 덜 느낄 수 있다.

1층에 위치한 책방은 거리에서 책방 안이 보이는 장점이 있다. 지나가는 길에 부담 없이 들르기 좋아 독자를 늘여나갈 수 있다. 거리 풍경과 잘 어울리게 창가와 입구에 책 홍보 문구와 포스터를 게시하고 커피나 음료까지 판매하는 책방이라면 그 어느 곳보다 경쟁력은 있을 것이다. 다만 햇빛에 책등이 변색될 수 있고 차도와 가까우면 소음 때문에 책에 집중할 기회를 놓칠 수 있다. 그래도 1층은 책방 운영자 입장에서는 가장 열고 싶은 층일 것이다.

그런데 1층에서는 사소한 듯하지만 신경 써야 하는 중요한 것이 있다. 바로 책방 청소와 서가 정리다. 특히 밖에서 보이는 유리창이나 엘리베이터, 출입문 앞 등은 자주 살펴보고 깨끗한지 수시로 점검해야 한다. 또 베스트셀러 코너나 작가별, 주제별 코너의 책들이 잘 배치되었는지 보고 늘 서가에 그 책들을 갖추고 있는지도 살펴야 한다.

책방에는 분리수거가 되는 쓰레기통이 깨끗하게 비치되어 있어야 하고 정수기와 휴지가 잘 보이는 곳에 있어야 책방지기가 수시로 관리할 수 있다. 식물이나 키우는 동물이 있다면 물도 주고 사료도 따로 챙겨주면서 손님이 불편해 하지 않는 위치에 두는 것이 좋다.

책방지기는 신간과 구간을 구분해서 위치를 빨리 파악하고 되도록이면 책을 다 읽고 추천하면 더욱 좋다. 책방에서는 책 읽을 시간이 없기에 퇴근 후 고정적으로 책 읽을 시간을 확보해서 한 권씩 읽어나가는 것이 좋다.

책방이 2층 이상 올라가게 되면 수시로 드나들 수 있는 1층과는 신경써야 하는 부분이 조금 다르다. 책방이라는 생각보다는 도서관이나 북카페로 생각되는 경우가 많다. 나름 독자가 찾아 올라갈 때는 그만큼 그 공간과 그곳의 책이 궁금한 것이기 때문에 서가 관리를 더 고민해야 한다. 일단 올라가게 되면 창문이 있어 내려다보는 맛도 있을 것이고, 1층보다는 소음이 덜해 조용할 것이다.

1층과 2층으로 나누어서 운영을 한다면 더 좋을 수도 있다. 1층은 책방과 카운터가 있고, 2층은 책을 구입하거나 사람만 만나러 가는 손님이 있을 것이다. 이때는 휠체어와 유아차가 들어갈 수 있는 입구와 엘리베이터가 있는지도 체크해 봐야 한다.

위치 선정이 끝나면 다음으로 신경 써야 할 부분은 책방 입구와 내부다.

나는 책방 운영자라 그런지 입구에 전시된 책 코너와 전체 동선을 비롯해 책장, 탁자, 카운터, 의자의 재질이 먼저 눈에 들어온다. 원목이나 철제, 아니면 벽돌과 나무판으로 만든 간이 책꽂이가 보이고 어떤 색인지 보게 된다. 세련되고 깔끔한 분위기로 내부를 장식하는 경우도 있고, 따뜻한 분위기에 아기자기한 소품들로 운영자 취향이 반영될 수도 있다. 이때 조명의 형태나 위치가 어디냐에 따라 내부 분위기가 달라지고, 그에 따라 공간 운영자의 마음도 보인다.

그런 다음 책방 운영자가 서가에 진열해 놓은 책들을 살펴보게 되는데 운영자의 마인드와 책방 큐레이션이 눈에 들어오게 된다. 책방 안팎에는 눈에 띄는 글귀들이 있을 것이다. 책방 안내 글과 책 소개 글이 있기도 하고 재미있는 어록들이 여기저기 붙어 있기도 할 것이다. 그 책방만이 가지고 있는 책 중에서 베스트셀러와 신간 코너, 스테디셀러나 주제별·작가별 소개 코너도 있을 것이다. 책방 주인이 마음껏 차린 부분을 보는 재미도 쏠쏠하고, 그 덕에 새로운 책의 세계로 들어갈 수도 있다. 주기적으로 드나들면 조금의 변화도 알아챌 수 있고 차나 식물·동물이 있다면 그것을 보는 재미도 있다.

책방 운영자는 사람의 마음을 움직일 수 있도록 부지런해야 한다. 그러면 책방을 드나들면서 운영자의 정성과 손길을 책과 함께 즐길 수 있다. 공간 운영자가 책방에서 책으로, 차로, 소품으로, 우리에게 사계절을 오감으로 느낄 수 있게 해준다면 더할 나위 없이 좋을 것이다.

처음 차릴 때 고민한 것들

남편과 처음 책방 이름을 지을 때 나는 소박하고 부르기 좋은 한글 이름으로 하자며 두세 글자면 좋겠다고 했다. 그리고 이름 뒤에 다른 사업명이 들어가도 무난하면 더욱 좋겠다고 했다. 남편은 며칠을 생각하더니 '곰곰이'라는 이름이 어떻겠냐고 했다. 정겹고 '곰곰이 생각한다'라는 뜻에서 온 거라 괜찮다고 했다. 소박하고 부르기 쉬운데 가끔은 곰돌이 아니냐고 하는 분도 있었고, 우리 부부가 곰 두 마리 같은지 "Bear Bear Two"라고 부르는 아이들도 생겼다. 강좌가 있는 책방이라 책도 읽고 곰곰이 생각해야 하기에 잘 어울리는 이름이라고 생각했다.

다음으로 고민한 것은 책방 내부 설계였다. 우리가 신경을 많이 쓴 부분은 책이 꽂히는 서가였고 그 다음으로 중간 책장과 데스크·수납장이었다. 일단 전국에 있는 어린이 책방과 도서관을 다니며 책꽂이 재료와 두께, 폭을 재고 사진을 찍어서 참고했다. 곰곰이 책방에서는 서가에 있는 책들이 가장 빛나야 했기에 그 부분의 조명도 신경 썼다. 그래서 책꽂이의 재질과 색은 어두운 원목으로 했다. 친한 그림 작가 분은 진한 올리브색 원목이 가장 좋다고도 했지만 우리는 차콜 색으로 정했고 책꽂이 폭은 60센티미터를 유지했다.

책방을 시작하고 나서는 아이들이 안전하게 다닐 수 있게 높거나 처음에 설치했던 중간 장들을 없애고 앉는 자리를 더 넓히기도 했다. 카운터에서 책방 전체를 보고 관리할 수 있도록 중간 장들은 키가 크지 않게 2단 책꽂이로 만들었는데, 사람들이 쭈그리고 앉아야 하는 불편함이 있었다. 그리고 어린아이들 키 크기와 비슷해서 모서리에 다칠까봐 늘 긴장을 했었다. 중간 장에 있는 책을 보지 않아 그곳 안쪽은 먼지만 쌓이게 되었다. 또 출판사에서 보낸 시리즈물을 꽂을 수 있는 원형 책장은 아이들의 놀잇감만 되고 돌릴 때마다 책들이 떨어져 모서리 파손이 많았다.

그다음으로는 채광·조명이 내부 정경과 잘 맞는지, 책 읽을 공간은 얼마나 되고 한 구석에 편하게 앉을 수 있는지 살펴보았다. 곰곰이 책방은 3층에 있는데 데스크를 안쪽에 두고 창가 쪽은 사거리가 보이는 큰 창문이 있어 답답하지는 않다. 일조량도 좋은 편이라 창가 쪽에 예쁜 꽃 화분도 갖다 놓고 긴 벤치 의자를 두 개 배치했다. 콘센트도 벤치 의자에 가까운 데 있어 사용하기 쉽게 해놓고 있다.

그리고 우리 부부는 강의실에 심혈을 기울였다. 곰곰이 책방은 국내 최초로 강의실이 있는 책방이었다. 가족 독서문화를 일구고자 책방을 열었기에 책과 관련한 강좌나 작가와의 만남을 기획하고 싶었다. 또 매달 정기간행물을 만들었다. 강의실은 다용도로 쓰이는 재미있고 알찬 공간이었다.

다음으로 우리가 크게 신경 쓴 부분은 역시 서가의 책이었다. 책방 문을 열고 들어왔을 때 "우와, 책 보고 싶다"라는 생각이 들게 하고 싶었다. 도서관은 아니지만 분류가 잘 되어 있어야 하며, 서가의 크기에 한계가 있어 책을 엄선해서 들여놓아야 했다. 책방지기 취향대로만 책을 들여놓을 수도 없고 무조건 잘 팔리는 베스트셀러만 갖다 놓을 수도 없다. 신·구간 작업을 부지런히 할 수밖에 없었다. 일단 연령별로 동선을 편하게 해놓고 그 안에서 도서 종류별로, 다시 출판사별로 나누어 배치했다. 그렇게 배치해 놓으면 새 책이 들어와도 서가 위치를 잘 잡아갈 수 있고 눈에도 잘 띄게 된다.

마지막으로 홍보와 회원 제도를 어떻게 할지 고민했다. 남편과 나는 책방을 하기 전부터 책과 신문으로 강의를 했기에 홍보는 어렵지 않았다. 우리는 유료 회원제를 만들어 곰곰이 책방 회원임을 자랑스럽게 만들고 정기간행물과 회원들의 소개로만 알려지게 하자고 했다. 좋은 책 읽고 글 써서 만드는 곰곰이 신문이 우리의 얼굴이요 마음이니, 회원들과 작가들·도서관과 출판사 등 책과 관련된 분들에게 신문이 전달되도록 했다. 요즘은 블로그와 페이스북, 인스타그램도 운영하고 있다.

책방을 지키는 사람들

$$2$$

책방지기는 책방에서 처음 만나는 사람

책방을 운영하고 싶어 하는 사람은 20년 전이나 지금이나 꾸준히 있다. 현재 다른 일에 종사한다고 해도 퇴직 후 작은 책방을 운영하고 싶은 사람도 있고 아예 책방을 하고 싶어서 퇴직하는 사람도 있다. 아니면 책과 관련된 일을 하다가 직접 책방도 하고 독립출판도 하고, 독서 강좌나 세미나를 중심으로 운영하는 사람도 있다.

동기야 어떻든 책방은 판매업에 속한다. 책만 좋아해서는 운영될 수 없다. 책방에 들어서는 사람들은 다양한 이유로 들어오지만 처음 들어올 때는 공간이 낯설다. 그래서 처음 만나는 사람이 매우 중요하다. 처음 만나는 사람이 그 책방의 첫인상이기 때문이다. 그리고 처음 방문했을 때 인상이 책방 재방문 여부를 결정한다.

책방에 들어섰을 때 처음 만나는 사람이 책방 운영자일 수도 있고 운영자의 가족일 수도 있고 직원일 수도 있다. 언제 책방 문을 열고 들어올지 모르는 손님을 위해 책방을 청소하고 정리하는 것도 중요하지만 일단 카운터에 있는 사람이 손님을 어떻게 맞이하고 어떻게 보내느냐가 매우 중요하다.

어떤 사람은 멋쩍어하면서 "여기가 책을 빌리는 곳이에요? 사는 곳이에요?"라고 묻는가 하면 "책 좀 봐도 돼요?"라든가 책과 관련 없이 "소개로 왔는데…" "지나가다가 들러봤어요. 여기는 어떤 책방이에요?"라고 하기도 한다. "신발을 벗고 들어가요? 아니면 신고 들어가요?"라는 질문까지도 한다. 질문도 다양하고 들어오는 모습도 다 다르다.

처음 방문할 때는 조심조심 기웃기웃하는 사람들이 대부분이다. 책방지기는 눈치를 보며 들어갈까 말까 망설이는 손님들을 위해 문턱을 낮추는 의미에서 반갑게 맞이해주면 좋다. 부담스럽지 않게 질문에 간단한 대답만 하고 코너를 소개해준다. 이때 목소리는 유쾌하면서도 안정적인 것이 좋다. 자기 할 일을 하면서도 손님이 불편해하는 것이 있는지 살펴보고 책 찾는 것이 힘들거나 무언가를 말하고 싶어 하는 것 같으면 말을 걸어도 된다. 오히려 말을 걸어주는 것이 반가울 때가 있다. 예를 들면 "누가 볼 책을 찾으시나요?"라든가 "찾으시는 분야나 작가가 있나요?" 아니면 "제가 추천해 드릴까요?" "찾는 책이 있으면 말씀해주세요"라고 말을 건넬 수 있다. 찾는 책이 있는데 못 찾고 있다면 책방지기가 잘 찾아주면 된다. 만약에 손님이 찾는 책이 없다면 그 책이 왜 없는지 설명하고 비슷한 주제나 다른 책이 대체 가능한지 물어보고 소개하는 것도 좋다. 꼭 그 책이어야 한다면 언제까지 책이 구비되는지 설명하고 지금 바로 구입해야 한다고 하면 근처 책방을 소개해준다.

전화로 책을 문의하는 사람들도 있어 손님과 대면하지 않고 대화를 나누어야 하는 경우도 많다. 이때도 목소리 톤이 너무 높지도 낮지도 않아야 하며 책방 이름을 정확히 말해준다. 책 상담을 하러 오겠다고 하는 분들에게는 무슨 상담을 원하는지 미리 물어보고 준비해 두는 것도 좋다.

강좌를 들으러 오거나 책을 사러 오는 분들한테는 위치를 잘 설명해줘야 한다. 어디에서 오는지, 교통수단은 무엇인지 파악한다. 차를 몰고 오는 경우는 차종을 물어보고 주차할 수 있는 장소를 안내해주는 것도 좋다. 또 문 여는 시간과 닫는 시간을 알려주고 공휴일과 주말은 언제 문을 열고 닫는지를 정확히 알려준다. 처음 오는 사람들과 멀리서 찾아오는 사람들에게는 시간이 중요하다. 문 여는 시간과 닫는 시간을 공지하고 지켜야 신용이 생긴다.

이처럼 책방에서 처음 만나는 사람은 매우 중요하다. 책방이라는 공간과 책방에서 처음 만나는 사람의 인상은 일치한다고 할 수 있다.

책과 사람에 대한 애정이 있는 사람

중대형서점과는 달리 동네책방은 책방에 대한 사람들의 기대가 크다. 멀리서 일부러 찾아오기도 하고 소개로 오는 경우가 많다. 손님들은 책방의 기운이라 할까 그런 것을 느끼려고 한다.

책방지기에게 무엇보다 중요한 것은 책에 대한 애정이다. 책방지기들은 자기 색깔이 있어 그 책으로 책방 서가를 채워놓는데, 책 박스가 도착해서 열어볼 때 가장 기분이 좋다. 주문한 책의 실물을 볼 때의 두근거림은 책방지기들만이 느낄 수 있는 기쁨이요, 책장을 넘겨볼 때의 두근거림도 책방지기만이 느낄 수 있는 특권이다.

구간은 고정된 자리가 있어야 하고, 신간이 도착했을 때는 책을 읽어보고 책방의 다른 식구들과 평가를 해봐야 한다. 한 달에 한 번 신간에 대해 평가하고 글로 소개하는 일을 꾸준히 하는 것이 좋다. 신간 코너가 활발히 움직이는 것은 책방에 자주 들르는 사람들에 대한 예의라고 생각한다. 되도록 책을 읽고 소개하는 것이 바람직하다. 책에 대한 애정이 있는 사람이라면 짬짬이라도 책을 보게 된다. 그냥 바코드 찍고 빠진 책 주문 신청하고 책을 잘 찾아 계산만 한다면 대형서점과 무슨 차이가 있겠는가.

익숙해지면 책을 분류해 서가에 꽂아 놓고 찾는 것도 위치에 대한 기억과 감각으로 잘하게 된다. 책등의 바탕색과 글씨체까지 머리에 담겨 있어 다른 사람에게는 잘 안 보이는 책도 찾게 된다.

책방을 지키면서는 책 읽을 시간이 없기에 책방에 일찍 출근해 혼자만의 책 읽는 시간을 정기적으로 갖는 게 좋다. 마감 후 30분이라도 시간을 내서 그날 도착한 신간을 읽어보고 퇴근한다. 화제가 되는 책은 짬을 내서 읽어두는 게 좋고 그 책을 찾는 분들에게 설명을 해주면 더욱 좋다.

책방에서 지내다 보면 구간과 함께 나이 들어가는 것 같지만, 신간이 들어와 신선함을 안겨주면 회춘하는 것처럼 책에서 젊음을 느낄 때가 있다. 새로운 세대의 경험에서 우러나오는 책들을 보면 새로운 세상을 만나는 것 같아 기분이 좋아진다. 그런 기분을 책방에 오는 분들과 함께 나누고 이야기한다면 그 또한 책방 하는 즐거움이 아닌가 그런 생각이 든다.

책을 다양하게 읽으면서 소개하는 책방지기를 만나는 일은 책방을 찾는 사람들에게도 인생에서 큰 활력소가 된다. 그런 책방지기가 있다면 '이번에는 어떤 책을 소개받게 될까' 하는 기대감으로 책방을 드나들게 된다.

다음으로는 사람에 대한 애정이다. 책 읽는 것은 좋아하는데 사람 대하는 일을 힘들어 하는 책방지기들이 있다. 반면 사람에 대한 호기심이 있어 일을 하다가도 사람과 대화하느라 하는 일을 잊어버리는 책방지기도 있다.

일부러 사람 이름을 기억하려고 애쓰지 않더라도 들어오는 한 사람 한 사람에 대한 애정이 있다면 그 사람의 특징을 하나씩 머릿속에 저장하게 된다.

손님을 기억하는 방법은 여러 가지다. 처음 책방을 방문했을 때 그냥 구경만 하고 가는 손님도 있고, 말을 건넸을 때 부담스러워 하지 않아 책 이야기를 나누는 손님도 있다. 그때 취향을 물어보고 기억할 때가 있다. 또는 원하는 책이 서가에 없어 주문하고 나중에 책을 찾아갈 때의 상황을 기억할 수도 있다. 특별히 좋아하는 작가나 주제·그림이 있다면 그 취향을 기억해 두었다가 그 사람이 올 때 추천해주면서 친해지는 경우가 있다. 아니면 우리 책방에 들를 때마다 주로 어느 서가에서 책을 구경하는지 위치로 그 사람을 기억하는 경우도 있다.

그래도 많은 사람들이 오가기에 기억나지 않는 경우가 많다. 우리 책방은 회원제로 운영하기 때문에 컴퓨터를 연다. 회원명만 알면 언제 무슨 책을 구입했는지 저장되어 있어 성향을 파악하고 다음 책을 추천할 수 있다. 회원제의 장점이라 할 수 있다.

책과 사람들에 대한 애정이 있는 책방은 드나드는 사람들도 온기를 느껴 책방에서 소소한 추억들을 쌓아갈 수 있다.

가끔씩 책 욕심이 많아 수십 권을 쌓아놓고 다 사가겠다고 하는 분이 있다. 그럴 때는 이번에는 이 정도만 가져가시라고 하면서 네다섯 권만 추천한다. 그리고 나머지 책은 우리가 메모해 두었다가 다음에 잊지 않고 사갈 수 있도록 하겠다고도 한다. 책을 많이 구입해 가게 되면 한참 만에 오기 때문에 자주 보고 싶은 마음에 책 구입을 조금씩 하라고 하는 경우도 있다. 집이 멀거나 한참 동안 못 오게 되는 경우는 제외하고 말이다. 어떤 분은 멀리서 지켜보다가 몇 권을 빼고 계산하자고 하는 우리를 보고 어리석다고 했다. 그렇게 해서 책방이 운영되겠냐고. 하지만 나는 빙그레 웃을 수밖에 없다. 그 분은 하나만 알고 둘은 모르는 분이기 때문이다. 우리는 당장 눈앞의 수익보다는 책을 구입해 가는 사람들이 꾸준히 오는 긴 인연을 원한다. 똑같은 책은 어디에 가든 있지만 책방지기의 양심적인 손길은 다르다는 걸 느끼게 해주고 싶었다.

서가 정리, 책 위치를 잘 아는 사람

서가 정리와 분류도 북큐레이션의 일부다. 손님들이 서가를 봤을 때 어떤 기준으로 분류되어 있는지 금방 알 수 있어야 한다. 물론 서가 위에 주제나 연령을 써서 팻말을 달아놓아도 되지만, 자주 오는 사람이 자기 서재처럼 잘 찾을 수 있게 분류하는 것이 우선이다. 서로 코드가 맞으면 책방 서가는 독자에게 편안한 서재처럼 느껴진다.

연령별, 주제별, 출판사별, 도서 종류별, 작가별 등 여러 분류 방법이 있다. 우리 책방은 큰 분류는 연령별로 하고 있다. 0세부터 19세, 그리고 성인용 그림책 및 이론서로 구분하는 식이다. 그 다음 단계는 도서 종류별 분류를 하고, 마지막으로 그 코너에서 출판사별로 책을 꽂아 놓는다. 물론 종수가 많지 않은 책들은 연령별로 도서 종류별로 분류했다가 그 출판사 종수가 늘면 함께 자리를 잡아가게 된다. 종수가 많다고 다 메인 자리를 잡는 것은 아니다. 종수가 많게 되면 구간 중에 꼭 있어야 하는 도서를 골라 꽂아놓는다. 종수가 적으면 그 출판사 경향을 지켜본다.

5단 책꽂이는 오는 사람의 키와 손 위치를 생각해서 자주 손이 가는 곳에 어떤 책을 꽂을 것인지 생각해보고 책 위치를 잡아간다. 자주 손이 간다고 해서 그 책들이 구매가 잘 이뤄지는 것은 아니다. 손이 자주 가는 곳의 책은 꺼내 보기만 하고 새 책을 원하거나 구매를 안 하는 경우가 많다. 그렇게 되면 책 손상도 오고 반품만 늘어 북큐레이션의 노고가 스트레스로 쌓일 수 있다. 그래서 도서 종류별로 책을 꽂을 때는 1단부터 5단까지 운영자와 독자 입장을 모두 고려해 서로가 편한 위치를 잡아가는 것이 좋다.

서가 정리는 매일 아침에 출근해서 청소를 한 다음 한다. 그 전날 하루 종일 고객들이 본 책들이 제자리에 있지 않기에 제자리에 넣으며 빠진 책들을 체크한다. 책방 주인은 늘 서가를 정리하고 꼭 필요한 책들이 제자리에 있는지 확인해야 할 의무가 있다. 그리고 책 위치를 계속 눈에 넣어두어야 한다.

예전에 어떤 고객이 유명 어린이 책방에 갔다가 다시 우리 책방으로 온 이유를 이야기하는데 그 이유가 오래 기억에 남았다. 새로 생기고 유명하다고 해서 가봤는데 서가의 책들을 정리하지 않아 시리즈물들이 한 번도 번호순대로 꽂혀 있는 적이 없어 책을 찾아보기에 불편해서 화가 나더라는 것이었다. 책방지기가 얼마나 게으른지 보여주는 대표적인 예였다. 물론 빠진 책들이 있는 걸 알면서도 들여놓지 않은 이유는 경쟁력이 없어 찾는 독자가 없어서일 수도 있다.

그래도 우리는 최선을 다해야 하고 고객이 서가를 보고 불편해 하는 것들을 조금씩 고쳐나가야 한다. 그리고 꽂혀 있는 책들의 상태를 점검해야 한다. 누가 책을 펼쳐본 페이지까지 벌려 놓은 것은 아닌지, 오래 팔리지 않아 먼지가 묻어 있지는 않은지, 새로 여러 권 들어왔는데 표지들끼리 붙어 있지는 않은지, 햇볕에 변색된 부분은 없는지, 책 모서리가 찍힌 경우가 있는지 하나하나 살펴보아야 한다. 가끔씩 본문의 위치가 거꾸로 된 책이 있어서 반품해야 하는 경우도 있다.

재고 권수가 많은 책들은 어떻게 해결할 것인지 생각해 보고, 신간 중 반응이 좋은데 권수가 많지 않으면 더 주문해야 하는 경우도 있으니 늘 권 수를 체크한다. 이때 컴퓨터상의 재고 부수가 맞는지도 수시로 점검한다.

출판사에서 신간을 증정해주었을 때는 어떻게 배치할 건지도 살펴보고, 견본 책을 마음껏 보게 했을 때 판매에 미치는 영향도 점검한다. 서가에 두고 추천해주어 판매에 도움이 되기도 하지만, 견본 책을 마음껏 보고만 가는 경우도 있을 것이다. 신간 견본 책은 서가에 책이 준비된 후 배치해야 구매까지 이루어진다.

이렇게 매일매일 부지런히 서가 정리를 하다 보면 누군가가 책 제목을 내밀며 책방에 있는지 물어볼 때 책 위치가 떠오른다. 책방지기는 컴퓨터로 재고 부수를 찾기 전에 서가로 가서 책이 있는지를 살펴봐야 한다. 뒤통수에도 눈이 달린 것처럼 책 위치를 항상 염두에 두고 책에 대한 질문에는 늘 귀도 눈도 열려 있어야 한다.

전혀 모르는 책을 주문받게 된다면 인터넷 서점에 들어가 책 제목을 검색해 출판년도와 작가, 출판사를 점검하여 그 책이 우리 책방에 들어올 수 있는 책인지 판단한다. 그런 다음 구입 여부를 알려주고 급한 책인지 시간이 걸려도 되는 책인지 물어보고 구입할 수 있게 배려해준다.

대형서점도 다 소장할 수 없는 책들을 개인 책방이 다 소장할 수는 없다. 하지만 책에 대한 애정만큼은 대형서점이 동네책방을 따라갈 수 없다. 이는 책방지기의 부지런함에서 비롯된다. 책방 주인이 되면 우아하게 음악을 틀어놓고 책을 볼 수 있다고 생각하면 큰 오산이다. 출근에서 퇴근까지 서가 정리부터 행사 기획과 준비, 주문 반품까지 할 일이 많다.

하나하나 늘어나는 책방 식구들

곰곰이를 처음 시작할 때는 책방지기가 우리 부부 둘밖에 없었다. 그러다가 책방이 활성화되면서 일손이 부족할 때마다 식구가 한 명씩 늘어났다. 다행히 내가 책과 관련한 강의를 꾸준히 해온 덕에 곰곰이 책방과 잘 맞는 선생님들을 구할 수 있었다. 지금까지도 그렇게 만난 선생님들과 인연을 맺고 있다.

　곰곰이에서 책방 일은 책방 관리 업무와 북클리닉 업무, 독서 강좌업무 이렇게 세 부분으로 나뉜다. 세 업무가 바쁘게 돌아가 한 달 계획을 짜면 시간 안에 결정해야 하는 일들이 많다. 그래서 전문 인력들이 필요하다. 책방 회원 중에 실력 있고 가치관이 우리와 잘 맞겠다 하는 분이 있으면 같이 일을 하자고 제안했다. 우리 부부가 가장 중요하게 생각하는 것은 곰곰이 식구가 되려면 일단 책을 좋아하고 아이들의 마음을 잘 읽어내며 우리 부부와 교육관이 같아야 한다는 점이다.

책과 아이들에 대한 애정 없이 곰곰이 책방에 출근한다면 얼마 못가서 그만둘 수밖에 없을 테다. 왜냐하면 책에 대한 질문과 아이들에 대한 질문을 손님이나 부모들에게 늘 받기 때문에 애정이 없으면 스트레스가 쌓이기 때문이다. 하고 싶은 일이 아닌데 억지로 출근해 일을 하게 되면 탈이 나기 마련이다. 그런 경우를 잠깐 경험한 적이 있다.

카운터에 계신 선생님이 출산을 하고 빈자리가 생겼을 때였다. 결혼하지 않은 사람이 하는 게 좋지 않을까 해서 추천을 받았는데 20대 후반이 감당하기에는 아이와 학부모가 너무 버거워 수습 과정만 3주 하고 그만둔 적이 있었다. 또 한번은 카운터 선생님이 남편 따라 외국 지사로 나가야 해서 출퇴근 조건과 이미지가 잘 맞는 선생님이 들어오게 되었다. 카운터 선생님은 책도 추천하고 아이들 이름도 알면서 관리를 해야 한다. 그런데 그 선생님은 새 책이 오면 기뻐하기보다는 서가에 꽂는 일이 스트레스였고 아이들도 관심 밖이었다. 책방 카운터에서 책값 계산만 하고 퇴근 시간까지 조용히 있다가 가길 원했다. 그렇게 3개월 수습만 끝내고 우리와의 인연은 계속될 수 없었다.

그 때 처음 알게 되었다. 어린이 책방이든 청소년 책방이든 책과 사람들에 대한 관심과 애정이 있어야 오래 함께할 수 있다는 것을.

지금 곰곰이 책방에는 책을 추천하는 일을 두 분이 한다. 두 분 다 오래된 회원으로 책방 프로그램에 참여하고 학교도서관에서 도우미 활동도 오래 해서 그림책부터 성인 책까지 좋은 책 데이터가 쌓인 분들이다. 한 분은 하루 종일 근무하고, 다른 한 분은 성당 봉사일로 바빠 책방이 가장 바쁜 오후 세 시에 출근해 하루에 세 시간 근무한다. 퇴근 후 하루 두 시간 독서가 몸에 배인 선생님과 책 선정이 까다로운 북클리닉 회원이었다가 그 업무를 맡게 된 선생님이 곰곰이 책방 카운터를 지켜줘 우리 부부는 항상 든든하다.

한 분은 독서 강좌 수강생이었는데 직장을 다니다가 결혼 후 영어 강사, 독서 지도 강사를 한 후 곰곰이 식구가 되었다. 뭐든지 열심히 하고 실력 있어서 곰곰이 식구들도 아이들도 학부모들도 신뢰하는 선생님이다. 곰곰이 책방이 시대에 뒤처지지 않고 원칙을 지키며 잘 갈 수 있도록 많은 도움을 주고 있다. 곰곰이 북클리닉 센터 일을 총괄하고 독서 상담 일을 전담하고 있다.

또 한 분은 그림책부터 인문학 책까지 스터디를 해온 학부모로, 자녀들이 청소년이 되어 시간이 나서 오후에 세 시간만 출근한다. 곰곰이 강좌 안내와 곰곰이 블로그 홍보를 맡고 있는, 곰곰이 직원으로는 유일한 이과(건축공학) 출신의 선생님이다. 아이들 그림책과 인문학 책을 좋아하여 신간 증정이 들어오면 잠시나마 책에 푹 빠져 있다가 블로그에 소개 글을 올려놓는다. 이 선생님이 블로그 관리를 하면서 많은 분들이 곰곰이 블로그가 알차고 재미있어졌다고 한다.

이외에 곰곰이 책방 강좌를 맡고 있는 선생님 일곱 분이 있다. 책방 업무를 3년 정도 맡아보면서 독서지도사 자격증도 따고 아이들도 따로 가르쳐보고 독서 강좌를 맡은 선생님들이 세 분 있고, 회원의 날 그림책 읽어주러 왔다가 지금까지 유치부를 담당하며 강좌를 잘 이끌어 가는 선생님도 있다. 오랫동안 독서 모임을 이끌어가면서 도와주는 선생님도 있고, 중앙 신문사 지역 기자로 10년간 일하면서 정기적으로 우리 책방을 취재하다가 아이들 신문 수업을 맡게 된 분도 있다.

다들 오랜 인연으로 지금까지 곰곰이의 기둥으로 함께하고 있다. 이분들은 우리에게 동료이기도 하고 자문위원이기도 하다. 책방 강의도 듣고 아이들과 체험 활동도 하고 곰곰이 신문에 신간 원고도 꾸준히 쓰기도 하며 힘들 때는 책방 일에 시간을 내어 도와주기도 한다. 지금은 함께 나이 들어가며 아이들이 나이 들어가는 선생님을 어떻게 생각할지 걱정하고 있다. 힘든 일이 있으면 한 달에 한 번 곰곰이 식구회의 때 이야기하고 평소에도 상담하면서 그렇게 지낸다. 다들 우리 부부에게는 한 명도 놓칠 수 없는 소중한 사람들이다.

북큐레이션과 북큐레이터의 역할

(3)

책을 잘 골라주는 북큐레이터

책방 운영을 시작하면서 책과 관련된 여러 일을 하게 되었다. 우리는 아침에 책방 문을 열고 독자가 들어오길 바라는 수동적인 책방이 아니라, 책과 관련된 행사나 프로그램을 기획해 독자들이 와보고 싶게 하는 책방 운영을 하고 싶었다. 그중 가장 심혈을 기울인 일이 개개인별로 책을 골라주는 프로그램이다. 이 독자 맞춤형 북큐레이션은 우리로서는 가장 즐겁고 보람찬 일이기도 하다.

개인 독서 상담을 하여 책방지기가 책 선정을 해주고 독자도 원하는 새로운 책이 있으면 신청하여, 북큐레이터의 일방적 책 제시가 아닌 서로 맞춰 가는 독서를 지향하고 있다. 북큐레이터로 자격이 충분

한 책방지기들은 늘 책과 함께하며 독자에게 정기적으로 책을 골라 선정해주는 일을 좋아한다. 책방지기가 어떻게 북큐레이션을 하느냐에 따라 독자는 책이 싫어지거나 좋아질 수 있다.

북큐레이션이란 독자가 원하는 방향과 주제에 맞게 책을 선정하여 제안하는 것을 말한다. 책방과 도서관에서의 북큐레이션은 주요 서가 편집을 일컫고, 독자 맞춤형 북큐레이션은 독자가 원하는 방향에 맞게 책을 추천하는 것을 말한다.

지금 우리는 책에 대한 정보가 인터넷상에 너무 많아 실물을 보기 전에는 판단하기가 힘든 시대에 살고 있다. 정보가 많다는 것은 오히려 정보가 없는 것이기에 책방에서 실물을 보는 것이 좋을 때가 많다.

그렇다고 책방이 독자가 원하는 것을 다 갖다 놓을 수는 없다. 그냥 책방에 들어와서 두리번거리고 나가는 독자들도 허다하다. 그럴 때 책방 서가 정리가 잘되어 있거나 북큐레이터가 편하게 책을 소개해 주면 책을 싫어했던 사람도 '나도 책 한 권 읽어볼까' 하는 생각이 들 것이다.

책방은 독자들을 위한 공간이라 독자들이 책을 편하게 찾고 원하는 주제나 출판사 · 작가별로 찾을 수 있게 해주어야 한다. 책 고르는 것은 힘든 일인데, 흥미로운 서가를 만나거나 책 소개를 잘해주는 북큐레이터를 만나게 되면 그 책방 추천도서로 나만의 컬렉션이 생기게 된다.

가장 기초는 분류를 꼼꼼히 해놓는 것이다. 주요 서가 편집이 잘

되어 있으면 새로운 분야의 책도 발견하게 되고 구간도 재발견하게
된다.

북큐레이션이 잘되어 있으면 책을 싫어했던 사람도 책을 선호하게
끔 해주고 책을 좋아했던 사람에게는 새로운 책의 방향을 제시해줄
수 있다. 가장 큰 효과는 좋은 책을 고르는 안목이 생기고 책이 주는
즐거움이 자리 잡으면서 꾸준한 독서 습관이 생긴다는 것이다.

처음부터 북큐레이터인 사람은 없다. 북큐레이터는 자기만의 독서
에서 빠져 나와 넓은 범위의 독서량이 필요하고 책과 책을 비교하고
연결할 수 있어야 한다. 오랫동안 읽어왔던 책 데이터를 활용하여 꾸
준히 신간을 체크해보고 분야별로 전문가의 도움을 받아서 서가 정리
를 해보아야 한다. 그런 면에서 책방지기는 구간과 신간에 많이 노출
되어 있고 작가와 출판사를 누구보다 빨리 파악할 수 있기에 북큐레
이터로서의 역할을 하기에 유리하다. 다만, 서가는 한정되어 있고 꾸
준히 책을 분류해서 꽂아야 하기에 편견을 없애고 책을 읽어야 한다.

유의해야 할 점은 자기가 좋아하는 분야만 계속 읽어 폭이 좁아질
수도 있다는 것이다. 좋아하는 분야의 전문 북큐레이터가 되는 것도
좋지만 폭넓게 책을 읽는다면 전문 분야와 만나는 교차점도 있을 것
이다.

북큐레이터가 다룰 수 있는 범위가 넓지 않다면 다양한 분야에서
전문가의 도움을 받아도 된다. 개개인이 원하는 분야가 다양하며, 북
큐레이터에게 목록을 부탁할 때 상황별로 달라지기 때문이다. 예를

들면, 어떤 독자가 휴가 때 읽을 책을 추천해 달라고 했다고 해보자. 독자의 평소 독서력과 취향, 원하는 권수와 작가 등을 고려해서 재미있는 판타지 소설이나 시리즈물을 추천하거나 독자가 좋아하는 작가의 신·구간들을 추천할 수 있다. 이럴 때 독서 이력이 많은 북큐레이터라면 작가와 작품에 대한 배경지식이 많으니 더 풍부하게 책을 추천해줄 수 있다.

곰곰이 책방에서는 여러 가지 이유로 북큐레이터와 상담하는 분들이 많다. 그래서 다양한 분야와 주제로 책을 분류하고 20년 동안 쌓인 손때 묻은 개별 파일이 많이 쌓여 있다. 분류가 잘되어 있는 책방에서는 북큐레이터가 누가 읽을 책인지 어떤 분야를 원하는지에 따라 책을 권해주기 좋다.

한편 독자도 북큐레이터가 되는데, 분야별 책을 권해 받으면 그중에 한 권을 골라야 하기에 또 다른 북큐레이터라고 할 수 있다. 추천받아서 구입한 책들이 집 안 책꽂이에 차곡차곡 모이면 나만의 컬렉션이 된다. 그리고 그 집에 오는 지인은 정성스럽게 고른 책들을 보고 새로운 세계를 만날 수 있다.

책방에서 책을 잘 추천해 주면 그 책은 좋은 인연을 만나 계속 알려지게 된다.

북큐레이터가 되려면

곰곰이 책방 식구들이 가장 보람을 느끼고 흥미로워 하는 것은 책방에 온 독자나 회원에게서 어떤 시각이든 책을 골라 달라고 요청 받는 일이다. 북큐레이터가 책을 추천하는 방법은 다양하다. 가장 안정적인 방법은 자신이 관심 있고 잘 아는 분야의 책부터 해보는 것이다. 분야나 작가별로 책을 선정해서 시작해 본다면 내용을 갖춰나가며 좋은 북큐레이터가 될 수 있다.

일반적으로 책방에서 가장 선호하는 방법부터 소개하고자 한다. 일단 북큐레이터는 대상 연령별, 도서 종류별 책 고르기부터 할 줄 알아야 한다.

책방마다 북큐레이션 하는 방법이 다르고 나름 그 달의 추천 서가가 따로 있는 경우가 많다. 주제나 소재별, 작가별 코너를 종종 볼 수 있는데, 책방지기가 다양한 방법으로 서가 편집을 하면 책방 내부도 새롭게 느껴진다. 책방지기들의 야심찬 큐레이션 가운데 재미있는 코너는 일산 알모책방의 '사심 책꽂이' '○○가 좋아하는 책들'이다. '사심 책꽂이'는 책방지기의 '사심'이 들어간 코너이고, '○○가 좋아하는 책들'은 한 아이가 좋아하는 책을 공개하는 코너다. 주관적인 경향이 짙지만 호기심이 생기고 은근 재미있다. 속초 동아서적의 '편집자가 추천하는 이 달의 신간들'도 눈에 띄었다. 출판사마다 책 한 권씩 편집자가 쓴 글과 함께 정성스럽게 놓인 코너에서 추천 글을 읽어보게 된다. 이렇게 책방지기의 손길로 신간과 구간을 아울러 누구의 추천도서를 흉내 내지 않고 나름 주제나 색깔을 가지고 북큐레이션을 한다면, 독자는 그 맛에 책방을 드나들게 될 것이다.

만약 독자가 애매모호하게 책을 구해달라고 하면, 0세부터 성인까지 대상 연령이 어떤지 원하는 분야가 무엇인지 말해 달라고 한다. 북큐레이터가 그에 해당되는 책들을 추천해주면 그 중에서 고를 수 있다. 만약에 그래도 원하는 책이 없고 급한 경우가 아니라면 시간을 두고 다른 책들을 찾아내어 원하는 책을 골라갈 수 있게 한다.

신간들이 쏟아져 나올 때는 대형서점이나 다른 단체 베스트셀러 목록을 참고하기보다는 직접 책방 북큐레이터가 작업한 신간 코너에서 고르는 걸 좋아하는 독자들이 있다. 책을 많이 읽어온 독자들은 도서관 책도 성에 차지 않아 새로 나온 책이 없나 책방을 기웃거린다. (나도 그런 시절이 있었고, 그저 새 책 중 사고 싶은 책이 없나 그런 마음으로 책방을 간 적이 있었다.)

책방 북큐레이터는 매일 도착하는 신간을 빨리 파악해야 한다. 곰곰이 책방 같은 경우는 여러 명의 북큐레이터들이 신간을 소개하는 원고를 쓰고 퇴근해서 신간을 정독하기도 한다. 다음 날 곧바로 신간에 대한 자기 의견을 내며 신간을 찾는 분들에게 자신 있게 권한다. 물론 출판사에서 보내주는 신간들도 작업을 하는 데 도움이 많이 된다.

다음은 작가별로 책을 찾는 분들을 위한 이야기다. 작가별로 책을 보게 되면 권수는 많지 않아도 작가의 삶에 대한 철학, 기법, 구성 등에 대해 알 수 있어서 책을 깊이 들여다볼 수 있다. 북큐레이터는 작가의 초창기 작품부터 신간까지 살펴보며 작품 세계의 변화를 그려보아야 하고, 작가가 책을 내는 출판사의 범위도 알아두어야 한다. 만약 계약 기간이 끝나 출판사가 바뀌었다면 무엇이 달라졌는지도 꼼꼼히 살펴두는 것이 좋다.

북큐레이터들은 책 전문가가 되어야 하기 때문에 일반 독자들보다 더 면밀히 책을 검토해 작가나 출판사에 대한 배경지식이 많으면 좋다. 그런 의미에서 북큐레이터는 자신의 독서 데이터를 계속 쌓으며 책 목록이 늘 몸에 붙어 있어야 한다. 북큐레이터는 책에 대한 호기심이 많고 책을 추천하는 일이 생활화되어야 한다.

북큐레이션이 잘되어 있는 책방들

책방지기들은 자기 책방을 운영하면서도 책이 있는 곳이라면 어디든 열심히 드나든다. 원래 책방 드나들기를 좋아해서 '다른 책방에는 어떤 책들이 꽂혀 있을까' 하는 설렘으로 서가를 둘러보게 된다. 북큐레이터 입장에서 '책방에 어떤 책을 어떻게 전시했을까' 하는 궁금증도 생긴다. 특히 큐레이션이 잘되어 있는 책방이나 도서관에 가게 되면 처음 방문하는 독자들을 어떤 코너로 이끄는지 따라가 보게 된다.

대전에 있는 '우분투북스'는 동네책방이면서 북큐레이션 연구소이기도 하다. 전국 유일한 먹거리, 생태 건강을 테마로 하는 책방으로 이 분야의 북큐레이션이 잘되어 있다. 책방 운영자가 매달 바꾸는 테마 서가부터 동네 분들이 읽을 만한 책, 예술과 책방에 관한 책, 책과 글쓰기에 관한 책 코너가 있다. 이곳의 책방지기는 매달 정기구독자에게 개인 맞춤형 책을 선정해 손편지와 함께 정성스럽게 포장해서 보낸다.

순천에 있는 '심다책방'은 부부가 운영하는 책방으로 지역 도서관과 학교를 연계해서 독립출판까지 하고 있다. 문화 예술 분야에서 지역 최고의 책방으로 이름이 나있고, 2층에는 북아트 워크숍을 할 수 있는 공간이 있다. 1층 입구에는 책 관련 굿즈(goods, 기획 상품) 코너가 있고, 본 코너에는 북큐레이션을 하여 책방지기가 정성껏 써놓은 책 소개 글과 다양한 분야의 책들을 만날 수 있었다. 책 고르는 것이 편했고 이곳의 책방지기만이 내밀 수 있는 책 목록들이 알차고 신선했다.

구미의 '삼일문고'는 복합 문화공간으로 전시, 강연 등 다양한 행사를 할 수 있는 시스템을 갖추고 있어 감동을 주었다. 내가 방문했을 때는 그림책 원화 전시회를 하고 있었다. 1층에서 지하로 내려가는 중간에 전시 공간이 있고, 지하에서 전시, 강의 등 행사를 할 수 있어 좋았다. 일단 분류가 잘되어 있었다. 신간을 비롯해 못 보던 책들이 꽤 있어 도움이 많이 되었다. '○○○가 추천하는 청소년 시작 책' '생일 책' '나 자신을 바꾸고 싶을 때'라는 코너가 있었는데, 내가 해당되는 코너에 집중하게 되고 책이 궁금해지기도 했다. 서가의 주제도 구체적이어서 새로운 책을 발견하게 된다. 지하 1층으로 가면 어린이가 좋아하는 책 코너가 펼쳐진다. 어린이들이 앉을 수 있는 미니 소파와 미니 1인용 의자도 있어 기분이 좋아진다.

진주 시민의 자랑 '진주문고'는 아파트, 학원, 독서실, 빵집에 둘러싸인 곳에 있었는데 펄북스라는 출판사와 함께 운영이 되고 있었다. 꽤 많은 사람들이 여기저기 코너마다 책을 보고 있어 감동을 받았고, 층마다 분류가 잘되어 있었다. 특히 눈에 잘 띄는 곳은 청소년도서 코너와 그 옆에 있는 '종이약국' 코너였다. 작가들에게 추천받아 상황별로 위안이 되는 책 코너를 마련해 약국의 처방전처럼 책을 고르게 만들었고, 책 안 읽는 청소년들을 위해 따로 소개 글과 함께 진열해 인상적이었다. 큰 탁자 앞에는 독자들이 출처를 밝히고 필사한 글을 쓴 메모지를 전시해 놓아 어록을 읽어보게 되고 출처 책에 대한 관심도 갖게 했다.

서울 연희동 주택가에 있는 독립 서점 '유어 마인드'도 관심 가질 만한 책방이다. 2층 계단으로 올라가면 책방 공간이 나온다. 그림책부터 이야기책, 사진집 등 한 목록 당 세 권씩 꽂혀 있는 게 무척 인상적이었다. 한 권은 견본으로 보는 책이고, 나머지 두 권은 사갈 수 있는 책이었다. 20·30대 청년들을 위한 책 장정과 디자인, 힐링할 수 있는 내용과 신선함이 돋보이는 독립출판물이 많았다. 게다가 책갈피, 엽서, 가방, 폰 케이스도 직접 디자인해 판매하고 있었다. 그들의 무한한 가능성도 보고 책의 미래를 볼 수 있어 좋았다. 홍대앞에서 판매하는 인디 밴드의 음반 코너를 보는 듯했다.

마지막으로, 큐레이션이 상당히 잘되어 있는 책방 '소리소문'을 소개하고자 한다. 서점 직원으로 오랫동안 근무를 한 분이 제주도의 오래된 돌집을 직접 수리해서 만든 책방으로 부부가 함께 운영한다. 두 사람의 마인드는 책에 집중하는 책방을 만들자는 것이다. 책방지기의 안목을 믿고 사가는 '블라인드 북' 코너가 있고, 이슈가 되는 주제에 관한 도서들을 큐레이션하여 책에 집중하게 한다. '소리소문이 꼽은 올해의 책'도 기획하여 전시하고 있어 독자의 관심을 끈다.

하바 요시타카의 북큐레이션 이야기를 담은 《책의 소리를 들어라》(다카세 쓰요시 지음)에는 북큐레이션에서 완성형은 없으며 꾸준히 진화하는 것이라고 했다. 큐레이션이 잘된 책방이나 도서관을 다녀보는 것은 여러모로 도움이 된다.

북큐레이션의 가치

곰곰이 책방을 처음 열 때 가장 고민이 된 부분은 서가의 책을 어떻게 진열할 것인가였다. 곰곰이 책방에 오는 분들이 책을 찾기도 편하고 책 방 선생님들도 나이에 맞게 책을 권하고 찾으려면 가장 편한 분류가 연 령별·도서 종류별이었다.

곰곰이 책방은 어느 한 장르만 구입할 수 있는 책방이 아니기에 그림 책부터 동화, 소설, 역사, 과학, 사회, 문화, 인물 등 모든 장르의 책을 계 속 신청해서 분류해야 한다. 북 디스플레이가 잘되어 있어야 북큐레이 션하기가 편하기 때문에 서가 정리를 부지런히 해야 한다. 그래서 참 일이 많고 바쁘다. 하지만 일이 일같이 느껴지지 않는 것은 그 일이 너 무 재미있고 몸에 잘 맞아서다. 그런 사람들이 모여 하는 일이 곰곰이 북큐레이션이다.

매대는 책방지기의 '사심'이 많은 곳이라 어떤 책들을 큐레이션할 것인지 정해야 한다. 주제를 정해 큐레이션하는 코너도 있고, 입구에는 신간을 직접 읽어보고 큐레이션하는 코너도 있다.

처음 방문하는 분들을 위해서는 일단 서가 보는 방법과 곰곰이 신문 보는 방법을 가르쳐 드리고, 그동안 책을 어떤 방식으로 봐왔는지 상담한다. 그리고 책 고르는 방법과 좋은 책은 어떤 과정으로 출판되는지 설명해 드린다.

손님이 곰곰이 책방 추천 책이 마음에 들면 곰곰이 북클리닉을 신청해 집에 있는 책들을 점검해 개인 파일을 만들어 전문적으로 상담한다. 곰곰이 북클리닉 제도는 개인 상담을 해서 곰곰이 북큐레이터가 매달 책을 다섯 권 이상 선정해주는 프로그램이다. 개인 취향, 곰곰이 책방에 목록 선정을 의뢰하게 된 이유, 바라는 방향 등을 상담해 최종 목록을 함께 결정하면 책을 보내거나 찾아가게 한다. 우리는 이 일에 사명감을 갖고 20년간 전국에 있는 회원들을 대상으로 해왔다. 그 책들이 집집마다 서가를 채우고 아이와 어른이 함께 곰곰이 책방에서 추천한 책을 읽고 성장하고 있다.

부산에 사는 회원들은 책방의 독서 강좌에도 꾸준히 참여하여 토론도 하고 글도 쓴다. 그러면서 곰곰이 책방이 연령별, 시기별, 주제별로 선정한 또 다른 책들을 만나게 된다. 한 달에 한 번씩 신간 원고 팀의 선생님들이 모여 그간 읽은 구간과 신간을 비교하고 서로 목록을 점검해가며 강좌와 잘 맞는 책들을 선정한다. 지금은 강좌를 위한 책이 아니라 가족들이 기다리는 책들이 되었고 학교 담임선생님이 빌려달라고 하는 책들이 되었다. 이 또한 우리의 즐거움이다.

요즘은 유치원에 좋은 그림책을 선정해서 유치원 도서관 책들을 바꿔나가는 일을 하고 있다. 의식 있는 유치원 선생님들이 곰곰이 책방이 추천하는 책들을 연령별·주제별로 점검하거나 원장 선생님이 책방에 와서 추천 받은 문화 예술 분야와 도감 분야의 책 가운데 자신들에게 맞는 책을 선정해서 유치원 도서관의 책을 바꿔 간다. 이 또한 즐거운 일이고 큰 보람이다.

곰곰이 책방이 살아남을 수 있던 것은 곰곰이 책방만의 북큐레이션이 독자들에게 감동을 주고 있어서라고 생각한다. 우리가 바라는 것은 책을 많이 파는 것이 아니라, 책을 잘 선정해서 독자들이 인생에서 곰곰이 책방과의 인연을 오래 기억해 주었으면 하는 것이다. 우리가 지닌 책에 대한 애정이 북큐레이션에 담겨 있다는 것이 독자들에게 전달되는 그 날까지 이 일을 즐겁게 할 것이다.

상황에 따른 북큐레이션

곰곰이 책방 북클리닉 회원들의 상담 기록을 보면 책 선정 범위가 참 다양하다. 대략적으로 분류해보면 다음과 같다.

연령별, 소재별로 시작

어린아이들이나 청소년들이 제 나이에 맞게 좋아하는 분야의 책부터 독서를 시작한다면 책 읽기가 즐거운 일이 되고 탐구 정신도 키울 수 있다.

책 선정 시 유아인 경우는 연령보다는 몇 개월이 되었는지로 상담을 하는 것이 좋고 발달상황을 적어 놓고 좋아하는 소재가 무엇인지 파악한다. 유치부부터 초등학생은 평소 독서가 어떻게 이루어지는지 알아보고 소장 목록과 독서 환경이 어떤지 알아본다. 부모님이 아니라 본인 취향은 어떤지 살펴보고 원하는 방향도 반영해 선정한다.

예를 들어, 유아기에는 개월 수로 연령을 파악하고 좋아하는 소재가 무엇인지를 물어본다. 공룡, 차, 옷, 과일 등 관심 있는 것이 있다면 그에 맞춰 책을 골라준다. 그러다가 유치부가 되면 궁금해지는 게 많아지니 도감이나 묻고 답하는 책을 골라주고 상상력과 관찰력을 즐길 수 있는 책을 접하게 해준다.

초등학교 저학년에는 순수한 우리말과 좋은 그림을 책을 통해 알게 하고 자연을 접하는 게 좋다. 초등학교 중학년이 되면 스토리의 맛을 알아 책을 읽어나가게 되고 독서력이 좋아진다. 그러다가 초등학교 고학년이 되면 자신의 관심 분야가 생기고 다양한 분야의 책을 읽으면서 시야를 넓힌다. 청소년 시기에는 고전과 문학, 역사, 평전 등 깊이 있는 독서를 하도록 한다.

연령별 독서는 천천히 섬세하게 책을 추천하며 단계를 높여 많이 읽기보다는 어휘나 문장까지 고려해 제대로 천천히 읽어나갈 수 있도록 안내하고 있다. 그래야 책이 부담이 되지 않고 독서의 즐거움을 알게 된다.

주제별, 상황별로 시작

상담을 하다 보면 아이, 청소년, 어른들까지 상황별 책 선정을 해야 할 때가 있다. 상황은 개인 취향과는 좀 다르다. 예를 들면, 동생이 곧 태어날 텐데 불안해하지 않고 동생의 탄생을 받아들이는 데 도움이 될 책이 필요하다고 하는 분도 있다. 교훈적이지 않으면서도 아이의 마음을 움직일 수 있는 책들이 여러 출판사에서 나오기에 상황이 비슷하면서 내용이 와 닿는 책으로 서로 의논해서 결정한다.

초등학교에 입학하면 더 다양한 상황의 책들이 필요하다. 학교 공포증이 있는 아이, 선생님과 친구들 간의 갈등, 말을 더듬는 아이, 욕심 때문에 친구들과 멀어지는 아이 등. 비슷한 상황을 다룬 책들을 찾아 문제 해결에 도움이 되도록 한다. 가족이 함께 읽으면서 아이가 나만의 문제가 아니라는 것을 간접 경험하게 한다.

어른들의 경우에는 청소년기에 어설프게 읽었던 고전들을 잘된 번역으로 다시 읽고 싶다며 목록을 선정해서 천천히 읽어나가는 분도 있다. 또 자라온 환경과 흡사한 장면이 나오는 그림책을 선정하여 그리움을 책으로 간직하고 싶어 하는 분도 있고, 열심히 살아온 자신을 위해 위로가 될 수 있는 책을 권해달라고 하는 분도 있다. 적적한 부모님을 위한 책들도 꾸준히 선정해달라고 하는 분도 있다. 어버이날이나 명절 때는 따로 책을 추천하기도 했다.

독서 강좌용

교사, 학부모 중에는 아이들과 함께 책을 읽고 수업해야 하는 분들이 많다. 물론 여러 단체에 추천도서들이 많아 독서 강좌용 책들은 목록이 넘쳐 난다. 이른바 교과 관련 도서 목록만 해도 여러 단체와 출판사에서 만들어 정보는 많다. 하지만 정보가 많다는 것은 정보가 없다는 것과 마찬가지라 그 안에서 다시 검증을 해야 한다. 학교에서도 독서 분야가 초등학교 3학년부터 교과 과목으로 자리 잡고 있고 중·고등학교 친구들은 문학·비문학 글을 계속 읽어나가야 하는데, 책을 읽고 토론하며 글을 쓰는 것만큼 유익한 수업은 없다.

곰곰이 책방에서도 독서 강좌가 있어 매달 책을 선정하기에 목록 자료가 거의 25년 정도 쌓여 있다. '아이들에게 어떤 책을 내밀어야 책 재미를 붙이며 다양하게 읽을 수 있을까' 고민해서 선정한 책들이다. 아이들이 시대와 상황에 따라 발달 상태와 독서력도 달라지듯이 독서 강좌용 책들도 달라지고 섬세해져야 한다. 그래서 교사나 독서 지도를 하고 싶어 하는 학부모들에게 선정해주는 책은 대상이 누구인지, 단체 수업인지, 개인 수업인지, 읽어주고 토론만 할 책인지 등을 상담한 후 그에 맞는 책을 선정해서 보내준다. 책방에서 선정한 책들을 어딘가에서 토론하고 글쓰기까지 한다면 좀 더 엄선해야 한다.

진로용이나 분야별 추천

북큐레이터도 책방지기도 전 분야를 다 알 수는 없다. 그렇지만 제대로 된 북큐레이터가 되려면 편독해서는 안 되고 여러 분야를 이해하기 위해 다양하게 책을 읽어야 한다. 작가 강연회나 세미나도 도움이 되고 다큐멘터리나 교양 프로그램을 보고 여행이나 견학을 가는 것도 좋다.

나는 전공도 아니고 그 분야 문외한이라 몰라요, 하기에는 좋은 책들이 너무나 많다. 같은 분야에서도 시각이 다른 책들이 많아지고 난이도가 달라 도전해볼 만하다.

청소년의 경우 진로가 결정되면 그 분야의 책을 읽고 싶어 한다. 예를 들어, 건축가가 되고 싶은 아이는 안토니 가우디나 김수근 건축가의 이야기를 읽고 싶어 한다. 평전을 읽고 나면 이번에는 실제 건축을 다룬 책을 추천해달라고 한다. 그러다가 스페인 여행 책을 들고 직접 건축물을 보러 스페인을 갔다 오기도 한다.

천문학자가 되고 싶은 아이는 어릴 때는 별자리 그림책과 간단한 사계절 별자리 이야기를 보다가, 청소년 시기에는 이지유 작가의 《별똥별 아줌마가 들려주는 우주 이야기》를 읽고 가까운 천문대에 찾아가 밤하늘의 별과 달을 관찰해보기도 한다.

요리 전문가가 되고 싶은 아이에게는 어릴 때는 《감자 이웃》(김윤이)이나 《요리조리 맛있는 세계 여행》(최향랑)이라든가 《할머니의 레시피》(이미애) 《빵 터지는 빵집》(원유순) 등을 추천해주고, 청소년이 되면 《식탁 위의 세계사》(이영숙) 등을 추천해 준다.

책방 북큐레이터는 책 이야기에 귀를 쫑긋 세우고 책 표지나 책 제목을 보고 무슨 책일까 궁금해 하며 도서관이나 책방으로 달려갈 만큼 책에 관심이 많다. 나도 책방 선생님들도 누군가를 위해 책을 고를 때가 가장 즐겁고 행복하다.

책방을 살린 프로그램

4

연령별 독서 강좌

어린이·청소년 책방은 대상이 어린이, 청소년, 학부모이다 보니 책을 권하기도 하고 책 관련 강좌도 많이 열게 된다. 그중에 가장 핵심이 되는 강좌는 독서 강좌인데 일주일에 한 번 책방에 모여 책 읽고 토론하고 글 쓰는 수업이다. 물론 강좌비는 따로 받고 책값도 별도다.

독서 강좌는 책방을 하기 전부터 하던 일이며 전문적인 손길이 필요하다. 일단 책 선정이 좋아야 하고 프로그램이 체계적이어야 한다. 그래서 책을 도서 종류별, 발달 단계별, 출판사별로 분류해서 여러 선생님들과 생각해본다. 선정한 그림책이나 동화 중 감상용으로 괜찮은 책과 토론과 글쓰기용으로 괜찮은 책을 나누고 소장 가치가 있는 책들을 골라낸다. 이런 작업은 25년째 하고 있고 지금도 매일 하고 있다. 처음에는 강의실이 하나 있는 책방을 운영하다가 강의실이 두 개가 되고 그러다가 점점 넓어져서 지금은 책방과 똑같은 크기의 공간을 따로 마련했다.

엄마들은 아이들이 좋은 책을 읽고 자라기를 원한다. 하지만 시행 착오를 겪게 되고 집에는 안 읽는 책과 교재들만 쌓이게 된다. 그렇다고 책 읽기와 글쓰기를 포기할 수는 없다. 아이가 자기표현을 못하고 자란다면 무슨 의미가 있겠는가.

방정환 선생님은 일제강점기 때 우리나라가 힘없이 나라를 빼앗긴 것은 어린이 교육이 없었기 때문이라고 했다. 어린이가 제대로 자라야 제대로 된 어른이 되어 어이없게 나라를 빼앗기는 일이 없다고 했다. 조선 시대의 양반들은 과거를 보기 위한 애어른만 만들었을 뿐이고, 일반 백성들의 자식들은 배우지 못하고 노동만 하고 컸기 때문에 아무것도 할 수가 없었다. 어린이가 잘 자란다는 것은 정신적으로 육체적으로도 건강하게 자라야 한다는 것이고 성장과정에서의 그 기억으로 어른이 되면 가정도 나라도 건강해진다는 것이다.

곰곰이에서 여는 강좌들은 이러한 취지에 맞춰 기획하고 모집을 한다. 일단 강좌는 성인 대상과 어린이 대상이 있다. 물론 어린이·청소년 책방이기에 성인 대상은 학부모 강좌가 많은 편이다. 좋은 책을 골라 적당한 시기에 읽고 연령에 맞는 독후 활동을 하면 아이도 즐겁고 그 책을 오래오래 기억하게 된다. 특히 그림책은 부모나 선생님이 글을 읽어주고 아이들은 귀로 들으며 그림을 감상하면 더할 나위 없이 좋다.

우리는 지난 25년간 봐왔던 그림책과 동화책, 비문학책까지 많은 책 목록들을 갖추고 있다. 책방 선생님들과 공유할 수 있는 목록들도 많이 있어 우리는 '추천도서 목록 부자'라고 한다. 그래서 적절한 책 선정과 책 지도를 할 수 있고 앞으로도 책을 추천하고 설명하는 일들은 얼마든지 할 수가 있다.

이렇게 주옥같은 책 목록을 가지고 아이들과 책 이야기도 하고 마음껏 자기 이야기도 하고 그 이야기로 글도 써보는 그런 시간들이 독서 강좌 시간에 이루어진다. 모든 강좌는 일주일에 한 번이고 연령별로 선생님이 다르다. 여섯 살부터 초등학교 2학년까지는 부모님들이 자녀를 데리러 오는 경우가 많아 책방에서 강좌를 열고, 초등학교 3학년부터 중학교 2학년까지는 한 층 분리된 공간에서 수업을 한다.

책방에서 독서 강좌를 시도한 것은 곰곰이 책방이 전국에서 처음일 것이다. 강의실이 있는 책방을 허가 내는 일이 쉽지는 않았으나 좋은 취지라 허가를 받게 되었다(하지만 지금은 공간이 분리되어야 한다).

여섯 살이 되면 한 팀에 네 명이 둘러앉아 부모님 동행 없이 친구들과 선생님이 들려주는 그림책 이야기를 듣고 그림책 내용에 맞게 준비한 재료로 독후 활동을 해본다. 여섯 살을 담당하는 선생님은 유아교육을 전공한 선생님으로, 상자도 구해 놓고 텐트도 준비하고 야채나 곡식들도 준비해서 그림책으로 놀아보는 수업을 한다.

사실 가정에서 해보기 힘든 활동을 하는 경우가 많아 엄마들도 좋아한다. 아이들은 신기해 하고 친구들과 함께하니까 더 재미있어 한다. 그림책의 주인공이 되어 책의 내용으로 논다는 것이 얼마나 흥미로운지 맛보게 된다. 매일 이 수업을 하고 싶다는 아이들도 많다.

일곱 살이 되면 강의실도 바뀌고 그림도 이야기도 조금 복잡해진다. 학교 들어가기 전이기에 강좌도 말하기와 글로 옮기기에 역점을 둔다. 이때는 옛이야기도 많이 감상하고 도서 종류별로 책을 골고루 봐야 하는 시기이므로 창작, 옛이야기, 자연에 관한 책 등으로 나누어 4회 수업을 한다. 선생님이 좋은 그림책을 읽어줄 때, 아이들은 목소리를 들으며 숨어 있는 그림까지 찾으면서 상상해본다.

궁금한 것도 많고 다양한 그림들이 머릿속에 들어가는 시기이므로 다양한 기법의 그림들과 엄선된 어휘와 편안한 문장이 어우러진 책들을 읽어준다. 그러면 언어 지층과 그림 지층이 차곡차곡 쌓이게 된다. 옛이야기 중 《팥죽할멈과 호랑이》(서정오 글, 박경진 그림) 그림책을 읽어주고 나면 아이가 집에 가서 전집을 꺼내 "엄마, 이 책이랑 제목은 똑같은데 그림과 글이 너무 다르지?"라며 비교해서 설명하는 경우도 있었다. 아이들도 좋은 책을 보는 안목이 생기는 때라 마음껏 그림책을 읽어줄 수 있다. 독서 강좌에서는 되도록 하고 싶은 말을 할 수 있게 해주고 친구들과 그림책 이야기를 하는 시간을 갖고 난 뒤 글로 옮겨보는 것이 좋다. 자기가 한 말을 글로 옮겨 글쓰기를 완성해보면 말의 내용이 중요하다는 것을 알게 된다.

곰곰이 책방에 오는 일곱 살 아이들은 학습지만 했던 친구들과는 달리 다양한 그림책을 읽고 신나게 책 이야기도 하고 상상도 해보았기에 독후 활동도 창의적이다. 또 어휘가 풍부해지는 시기이기에 아이들도 다양한 장르의 좋은 그림책을 감상하면서 실컷 이야기하고 표현한다는 것이 얼마나 즐거운 일인지 알게 된다.

초등학교 1학년이 되면 아이들은 학교라는 사회로 뛰어들게 된다. 유치원 때는 버스도 있고 다정한 선생님도 있었지만 학교는 낯설고 지켜야 하는 것도 많다. 그래서 1학기는 유치원 생활의 연장이라 생각하고 학부모들께 너무 많은 사교육을 시키지 말고 방과 후 집에서 좀 쉬다가 하고 싶은 과외만 하루에 하나 정도 시키라고 했다. 초등학교 수업이 40분인데 긴장하며 앉아 있다 보면 굉장히 피곤하고 힘이 든다. 학교생활에 잘 적응만 해도 얼마나 기특하고 대견한 일인가. 그래서 학교 선생님도, 교과 과정도 그리 어렵지가 않다. 1, 2학년 교과 과정은 봄, 여름, 가을, 겨울 자연의 변화와 나, 너, 우리, 가족 등 주변을 알아보기가 전부라고 할 수 있다.

1학년 독서 강좌는 역시 도서 종류별로 1학년이 읽으면 좋은 그림책을 선정해서 일주일에 한 번 수업을 한다. 선생님이 책을 읽어주고 그 책의 주제에 맞게 이야기를 나눈다. 이때 놀라운 것은 학습지를 많이 한 아이들은 자기 경험을 이야기하기보다는 학습적인 부분을 말해서 친구들보다 내가 똑똑하다는 것을 보여주려 한다는 것이다. 하지만 우리가 중요하게 생각하는 점은 자연과 주변 사람을 살펴보고 들고 만져본 것 등을 이야기하는 것이다. 아이들에게 경험한 것을 이야기 나누고 그대로 글로 옮겨보게 하는데 그 내용이 얼마나 사랑스러운지 매번 느끼고 감탄한다.

1학년은 글자를 베껴 쓸 수만 있어도 모범생이라는 말을 초등학교 1학년 선생님에게 들었다. 그런 아이들에게 아침 자습시간에 55쪽 이상인 책을 가져오게 해서 읽으라고 하고 독서 일기를 쓰게 하는 학교도 있었다. 독서 교육이 아니라 아침 자습시간에 조용히 시키려고 만든 프로그램이라고 할 수 있다. 그림책으로 학급문고가 있고 학교도 서관 선생님이 책을 잘 알고 소개해 준다면 얼마나 좋을까 그런 생각이 들 때가 많다.

2학년이 되면 학교생활에 익숙해진 단계이므로 단짝 친구도 생기고 이야기책도 좋아하는 시기다. 그래도 꾸준히 그림책을 감상하고 궁금한 것도 물어가며 아이가 자연과 생물에 관해 알아나가는 것이 좋으며 주변의 인간관계 호칭도 알아두는 것이 좋다. 2학년이 주인공인 이야기 동화를 가장 좋아하므로 마음껏 읽도록 한다. 창작 동화를 시리즈별로 사서 읽고 싶어 하기도 한다.

도서 종류별 독서 수업도 있지만 신문과 친해지는 수업도 시작된다. 신문에는 어른들이 보는 골치 아프고 힘든 기사만 있는 것은 아니다. 광고, 사진, 만화, 만평 등 그림과 사진으로 내용이 전달되는 부분도 있기에 단어들을 찾아 문장 만들기나 여러 어휘놀이를 할 수 있다. 색종이처럼 활용할 수 있는 부분도 있고 전단지로 명절 상차림도 만들 수 있기에 아이들은 신문으로 노는 시간을 즐긴다.

2학년이 그림 이야기책과 그림책 판형의 지식책도 꼼꼼히 읽어 글로 요약정리를 할 수 있다면 잘하는 거라 할 수 있다. 책의 내용이 조금씩 늘어나도 아이들은 이야기 맛을 알고 서로 책에 관해 이야기하고 싶어 한다. 내용이 전달될 수 있는 객관적인 글을 쓰게 되고 우리가 그 글을 읽는 맛도 생긴다. 책 읽기와 글쓰기에 자신감이 조금씩 생길 수 있는 시기다.

부모들은 이때 과학, 역사, 인물 책을 읽히고 싶어 하는데 아이들 발달 상황은 동화의 맛을 알아가는 시기라 책 선정하는 데 갈등이 생긴다. 그래서 우리는 엄마들에게 동화를 읽어야 독서력이 생겨서 나중에 문학, 고전을 비롯해 다양한 책을 읽어낼 수 있다고 설명한다. 그러면서 동화를 잘 읽는 아이에게 "남들은 과학책, 전기문 읽는데 저런 책(동화)만 읽는다"며 핀잔을 주지 말고 칭찬을 해주라고 이야기한다. 오히려 지식책은 아이가 3학년 이상이 되었을 때 찾아보는 자료집이지 읽기 능력을 키워주지는 않는다고 한다. 동화도 아동문학인데 엄마들은 한 번 읽고 마는 하찮은 이야기책이라 생각하는 경우가 많다.

그리고 되도록 아이가 엄마한테 "이제 책 그만 읽어주세요. 제가 혼자 읽을게요." 할 때까지 책을 읽어주는 것이 좋다고 이야기를 하고 2학년 말이나 3학년 초까지는 책을 소리 내서 읽어주라고 부탁을 한다. 엄마가 책을 읽어주는 동안 아이는 그 소리를 듣고 생각하는 시간을 많이 갖게 되고 그 과정이 책을 정독하는 습관을 들이는 데 도움이 된다고 한다.

3학년은 학교에서 스스로 살아남아야 하는 시기라 아이들에게 사회성을 길러주어야 한다. 그래서 가방 챙기는 것도 준비물 사는 것도 혼자서 해보는 습관을 길러주어야 하고 친구관계에 문제가 생겨도 부모한테 의존하지 않고 스스로 해결하게 해나가는 것이 좋다.

이때부터는 토론 형식의 독서 수업이 가능하다. 학교에서 5, 6교시까지 수업을 하고 책방에 오면 시간 여유가 있어 간식을 가져와 먹는 아이도 있고 미리 와서 좋아하는 책을 꺼내서 보는 아이도 있다. 생각이 깊어져 행동도 말도 스스로 하기 때문에 대화가 가능하다. 다만 학원이나 개인 과외를 줄이지 않으면 체력이 현저히 떨어져 어떤 수업을 해도 효과가 나타나지 않는다. 그래서 하루에 학원이나 과외는 한 가지만 권하고 아이한테 잔소리보다는 대화를 자주 하는 게 좋다. 집 안에서 주고받는 말들이 이루어져야 토론이 가능하다.

3학년 강좌는 다양한 글을 읽고 토론하고 글을 쓰는 내용으로 이루어진다. 동화책을 꾸준히 읽고 자료집도 살펴보고 정리하는 시간을 가져본다. 장르별 글쓰기와 신문 기사를 읽고 토론과 글쓰기도 해본다. 4회 강좌가 복잡한 듯하지만 아이들은 책과 신문, 자기 경험을 글로 써보면서 세상을 알아갈 수 있기에 토론이 시작되는 시기라고 할 수 있다.

4학년이 되면 고학년이 되기 위해 발돋움하는 시기이므로 자기 의견이 시작되는 때라고 할 수 있다. 상황 판단을 할 수 있고 학교라는 집단에서 우월을 가리며 아이들 사이에서도 모범생, 인기 많은 아이, 부잣집 아이, 부모님 직업이 좋은 아이 등등 뭔가 다른 친구들에게 내세울 수 있는 카드를 내밀기도 한다.

책방에서는 아이들과 부모님이 생각하는 가치관이 무엇인지를 파악하고 토론 준비를 한다. 그리고 세상은 그리 만만하지 않고 현실은 녹록하지 않다는 것을 예를 들어 구체적으로 설명하면 아이들은 조금씩 발을 땅에 딛고 꿈을 꾸게 된다. 강좌는 월 4회로 진행되며 동화 읽고 토론하고 글쓰기, 역사책 읽기, NIE(신문 활용 학습) 2회로 진행된다. 동화의 주제도 주변을 살펴보고 몰랐던 우리 사회의 이모저모를 보면서 읽어나가면 책으로 세상을 보는 간접 경험의 맛을 느낄 수 있다.

또한 신문 기사는 아이들이 읽고 각자 판단하고 자기 의견을 쓸 수 있는 기사를 선택한다. 환경, 인권, 외교, 정치, 경제 등 분야도 다양하게 접근할 수 있게 한다. 빠르게 변하는 세상을 책으로 만나기에는 한계가 있기에 기사로 읽어 가족들에게도 알려주고, 만났던 기사가 TV에 나오면 반가워 집중해서 보게 된다. 이때 학부모들은 아이들에게 시사적인 내용을 들을 수 있어 신기하다고들 한다. 아이들은 생각보다 세상 돌아가는 이야기에 관심이 많은데 들을 만한 곳이 없어 오히려 신문 수업을 더 좋아하기도 한다.

아이들이 읽는 동화는 책 두께가 조금 두꺼워지기는 하지만 아이들이 겪을 만한 이야기로 선정하고 주제도 다양하게 한다. 4, 5학년 2년에 거쳐 한국사 수업을 진행하는데 책을 읽어주면서 함께 머릿속으로 그 시대 상황을 그려보자고 하면 부담이 되지 않고 재미가 있다.

학년 초에는 긴장해서 토론하는 것을 머뭇거리지만 이 시기에는 하고 싶은 말을 서슴없이 할 수 있는 시기이므로 남의 말도 들어보고 자기 의견도 이야기할 수 있게 사실과 의견을 나눠 말하는 법을 연습시킨다. 집에서나 밖에서 사실을 설명하고 자기 의견을 말하게 하면 논리적인 대화법이 생기게 된다.

동화, 역사, 시사 등 과거의 일과 지금 우리 주변에서 일어나는 일들을 설명하고 또 그 이야기를 들려주는 시기이므로 책 선정도 대화의 질도 아이들 눈높이에 맞춰 신경을 쓴다.

5학년은 고학년 중 가장 독서력이 좋다. 좋은 책을 읽지 않고 만화책만 읽었다고 해도 구성이 탄탄한 동화를 읽어보라고 하면 끝까지 읽어 올 수 있는 시기다. 좋아하는 책에 집중력이 생기고 자기 색깔을 가지고 토론에도 임할 수 있다. 우리는 5학년들에게 일생 중 책 읽기 가장 좋은 나이니 좋은 책을 많이 읽으라고 권한다. 뉴스를 보고 이야기할 수 있고 책을 읽고 나서 작품 평가도 가능하며 역사관도 생길 수 있기에 가족들이 집에서 서로 의견을 나누고 근거도 제시하며 말할 수 있다.

초등학교 시절 독서의 맛을 마지막으로 느낄 수 있는 시기이므로 작가를 엄선하고 주제를 다양하게 해서 읽힌다면 충분히 문학의 세계로 접근할 수 있다. 한국사에 대한 관심과 역사관이 필요한 시기이므로 한국사 책을 국가별, 시대별로 읽어주며 자료도 함께 찾아보면 좋다. 역사동화나 전기문을 시대에 맞춰 읽으면 그 시대를 이해하는 데 도움이 된다. 동화는 우리 사회에서 일어날 수 있는 일들을 그린 작품들을 선정하여 다양한 관점으로 토론도 하고 사회를 이해하며 글로 정리하는 시간을 갖는다.

신문이나 매체를 통해서 이슈가 되는 주제로 토론하고 글 쓰는 시간도 꾸준히 갖게 된다. 사회에 대한 의식과 자기 의사를 글로 쓰는 시간이 좀 더 늘면서 깊이 있는 글을 읽을 수 있는 바탕을 다진다.

6학년은 신체적인 변화와 심리적인 반항기를 맞이하게 된다. 부모와의 대화보다는 같은 성향을 가진 친구들과 어울리는 걸 더 좋아한다. 나름 개성 있는 옷차림과 소비 성향이 드러나며 자기 관리가 필요하다. 그렇다고 부모가 나서서 간섭하고 지시하면 더 입을 닫고 방문을 닫게 된다.

부모는 이때 친구처럼 조건 없는 대화로 이야기를 이어나가야 하며 설교나 꾸중은 역효과가 난다. 아이가 스스로 판단하고 행동할 수 있도록 도와주면 된다. 책방에 오는 친구들도 예외는 아니다. 그동안 이야기도 잘했던 아이들이 말수가 적어지고 꾸미는 데 집중하며 주제 토론보다는 친구들과 수다 떠는 쪽으로 관심을 돌리는 경우가 있다. 그래서 집중력을 요하는 시간에는 자리를 따로 배치하기도 한다. 친한 친구와는 떨어져 앉는 게 좋다. 청소년으로 들어가는 시기이므로 인생 이야기도 하고 부모님을 인간적으로 분석하는 아이들도 있어서 각자의 입장을 객관적으로 이야기해 줄 때가 많다. 부모 편이나 아이 편을 무조건 들어주는 것은 판단을 흐려놓을 수도 있기 때문이다.

6학년 아이들은 꽤 논리적이고 구체적인 질문을 하며 부당한 답은 인정하지 않고 납득 가능한 답을 원한다. 그래서 아이들이라고 대충 뭉뚱그려 말하고 다음에 이야기하자는 말은 하지 않는 게 좋다. 다음은 더 없기 때문이다. 오히려 대답하기 힘들거나 잘 모를 때는 함께 시간을 두고 찾아보자는 말을 하고 그 말에 각자 책임을 지고 마무리하는 게 좋다.

6학년은 폭넓은 독서와 동서양의 문화와 문학을 이해하기 위해 세계사(통사) 책 한 권을 한 달에 한 번씩 분량을 정해주고 읽어오라고 한다. 그러면서 시대에 맞춰 나라에 맞춰 외국 청소년 소설이나 인물 이야기, 나라 이야기들을 함께 읽어나간다. 문학을 통해 시대와 종교, 다른 나라를 이해하는 독서를 하게 된다.

그러면서 6학년 아이들이 겪을 수 있는 일을 주제로 한 동화도 꾸준히 읽고 토론하고 글을 써본다. 5학년에 이어 신문 기사를 통해 정치, 경제, 문화, 인물, 스포츠 등 다양한 분야에서 생각하고 판단해야 할 것들을 접해보고 글을 쓰는 시간을 갖는다. 이 시기 아이들은 주제를 정하고 그에 대한 일반적인 설명과 자기 의견을 끌어가는 문장력이 생기게 된다. 그렇게 되면 글을 써나가는 데 부담이 없고 자기만의 소신 있는 글이 탄생하게 된다.

6학년부터 독서는 끈기와 집중력이 필요하기 때문에 시간을 충분히 주고 찬찬히 생각해가며 책을 읽을 수 있는 환경을 마련해 주는 것이 필요하다.

청소년 독서 강좌

초등학교 때부터 본 아이들이라고 해도 중학교 입학과 동시에 교복을 입고 나타나면 왠지 느낌이 다르다. 이제는 정말 청소년이구나 그런 생각이 들고 눈높이가 똑같거나 위로 봐야 하는 경우가 있어서 계속 살펴보게 된다. 아이들이 다시 태어난 느낌이다. 남자 아이들은 변성기에 수염과 여드름이 나는 등 남학생이라는 생각이 들고, 여자 아이들은 성숙해지면서 외모에 신경을 쓰고 부끄러움이나 수줍음을 표 나지 않게 표현하게 된다.

자기 주관이 있고 중학교 교과 과정에 신경을 쓰느라 그동안 읽어 왔던 책도 멀리하게 된다. 책보다는 유튜브나 대중가요, 웹툰에 몰두한다. 쓰는 어휘는 표준어에서 벗어나고 문장의 길이는 짧아지며 기호나 이모티콘으로 마감한다.

책도 잘 읽고 자기 생각을 글로 잘 표현하던 아이들도 카톡 문장이나 줄임말로 모든 게 바뀌게 되어 엄마들은 애가 타고 아이들은 즐겁기만 하다. 청소년 시기에 친구들과 누릴 수 있는 재미도 맛보면서 독서도 시간 날 때마다 하면 사춘기가 얼마나 알찰 텐데 쉽지는 않다. 독서를 계속할 것인지 학교 내신 성적에 몰두할 것인지 결정하는 시기다. 꾸준히 소설과 고전, 평전 등을 읽으면서 깊이 있게 생각해 볼 수 있는 독서 토론 시간이 주어진다면 아이들의 독서 습관은 계속 이어진다.

중학생들은 읽기 능력을 키우지 않으면 모든 학습에서 필요한 지문 읽기와 서술형 글쓰기에서 뒤떨어질 수밖에 없다. 그래서 성적이 안 나오는 아이들은 성적에 따라 끊임없이 학원을 바꿀 게 아니라 끈기 있게 읽어내는 지구력을 키우는 게 필요하다. 초등 고학년 동화가 중학교 추천도서로 나오는 경우가 많은데, 그 추천도서 목록부터 시작해 독서를 포기하지 않고 재미있게 읽어가는 것이 중요하다. 그 다음부터 본인이 스스로 읽을 수 있는 책부터 골라 흥미를 느끼고 책임감으로 끝까지 읽어내 성취감을 맛보게 하는 것이 좋다. 그 다음 단계로 지루하고 어려운 글도 읽으려고 애를 쓰고 이해하려고 노력하다 보면 글이나 지문이 두렵지는 않을 것이다.

곰곰이 책방에서 하는 중학교 독서 강좌는 한 달에 두 권을 추천해 읽게 한다. 청소년 소설 중 작가와 출판사, 주제를 엄선하여 매달 한 권을 정한다. 나머지 한 권은 단편소설 모음집이나 고전(주로 한국 고전), 평전에서 선택한다.

또한 매 강좌마다 시 감상과 분석을 하게 되는데 처음에는 어색해도 꾸준히 하다 보면 제법 시어에 함축된 의미를 잘 알아내어 시가 낯설지는 않다고 한다. 나중에는 "우리 반에서 제가 시를 제일 잘 알아요"라고 하는 친구도 있었다.

NIE 수업도 난이도가 높아져 기사 읽기가 쉽지 않지만 냉철하게 사회를 바라보는 시각을 다듬고 내용을 스스로 알아가 토론에 브리핑을 하는 친구도 생긴다. 시사용어에 익숙해지고 행사나 집회에 관심을 가지고 직접 참여하는 친구들도 있어 보람을 느낄 때도 많다. 물론 촛불집회나 행사 참여는 가족이 함께하는 경우가 많고, 학교에서 동아리도 신문 만드는 활동을 하는 친구들도 있다. 직접 기사도 써보고 인쇄까지 해볼 때 뿌듯함을 느낀다고 한다.

중학생은 주말에야 시간이 나서 토요일 오후에만 수업을 한다. 주말에 놀고 싶을 텐데 책 읽고 와서 토론하고 글 쓰는 친구들을 보면 참 기특하다. 훗날 졸업생들이 찾아올 때가 있는데 "선생님, 그때 참 좋은 책 많이 읽었어요"라고 이야기하기도 한다. 고등학교 가서는 책 읽을 시간이 없어 독서가 쉽지가 않았다고들 하면서.

곰곰이 책방에서 20년간 이루어진 독서 강좌는 아이들이 학교도서관이나 공공도서관을 갔을 때 혼자서도 좋은 책을 고를 수 있는 안목을 길러주었다. 글 쓰는 활동이 힘들어 그만둔 친구들도 있다. 그렇지만 아이들을 토론하고 말한 것을 글로 정리하는 것을 체험했기 때문에 혼자서 글을 쓸 때 형식에 얽매이지 않고 서슴없이 글을 쓰게 된다.

멀리서 오고 싶어도 못 오는 아이들을 위해 방학 때 단기 강좌지만 책 관련 특강을 따로 기획한다. 책방 체험도 하고 강좌도 들을 수 있게 오전 강좌를 기획한다. 곰곰이 책방만이 지닌 특성상 아이들이 스스로 책을 볼 수 있게끔 관련 도서들을 찾아 특강을 준비하면 방학만이라도 알차게 보낼 수 있고 학기 중 효과는 크다.

우리에게는 책방을 하면서 매일 새로운 책을 접하는 것이 소소한 행복이다. 그런데 독서 강좌를 통해 아이들과 만나는 것은 나이가 들어가면서 더 큰 행복으로 다가왔다. 아이들이 책방에 와서는 집에서 못한 이야기, 학교에서 일어난 이야기, 친구랑 오랜만에 만나 나누고 싶은 이야기들을 책방 곳곳에서 하고 있으니 그 또한 책방 하는 즐거움이 아닐까 그런 생각을 자주 하게 되었다.

나는 가끔씩 상상한다. 어린 시절부터 청소년까지 책방을 드나들며 성장한 아이들이 훗날 엄마, 아빠가 되어 아이를 데리고 와서 아이에게 이야기해주는 장면을. 그 모습을 상상해 보면 나도 모르게 웃음이 나온다. 어떤 이는 야무진 꿈이라고도 하겠지만 누군가에게 조만간 현실로 다가오지 않을까.

북클리닉 회원 제도

클리닉이란 말은 어떤 전문 분야를 진단하고 건강한 상태로 되돌린다는 뜻이다. 처음 책방을 열 당시 책방 유료 회원 제도만 만들었는데 회원들의 책 상담을 하다 보니 책 선정에 허점이 많았다.

학부모들이 자기 아이들을 위해 나름 책을 고르고 관리한다고 하는데, 정작 좋은 책은 없고 전집이나 학습만화만 있는 경우가 많아 안타까웠다. 아이들이 있는 집 책꽂이에 꽂힌 책을 보면, 일곱 살 때까지 종류별로 전집이 있고, 초등학생 책꽂이에는 유행하는 학습만화가 있다. 학교 추천도서나 교과 관련 도서 등 좋은 단행본은 학교도서관이나 공공도서관에서 빌려보는 실정이다.

아이들은 전집을 처음에는 좀 꺼내 보다가 곧 부담스러운 장식용이 되어버리고, 학습만화는 들고 다니지만 내용이 어려워 아무 효과도 보지 못하게 된다. 또한 빌려보는 단행본은 대출 반납에 쫓겨 제대로 읽지 못하고 반납일에 맞춰 집에서 사라진다.

그래서 시작한 일이 '북클리닉 회원 제도'다.

아이들 책 고르기를 합리적으로 하는 것이 좋을 듯해서, 학부모 입장에서 생각을 해봤다. 나도 큰 애가 어렸을 때 전집 파는 분이 집에 방문하여 새로 나온 전집 샘플과 홍보물을 가지고 와서 설명해주길래 한 질을 계약한 적이 있다. 계약을 하면 선물로 그릇 세트와 아이들 키재기, 퍼즐 등을 준다. 그 맛에 또 다른 전집을 계약했다. 내 기억으로는 6~7년간 세일도 안 하는 전집들을 10개월 할부로 1년에 두 질씩 계약했던 것 같다. 뿌듯하기도 하고 아이에게 읽어줄 생각을 하면 가슴이 설레기도 했다. 그때는 어린이책 출판이 시작되는 초창기라 단행본 구매가 쉽지 않은 시절이었다. 그래서 전집밖에는 대안이 없었던 것 같다.

하지만 둘째 아들이 태어났을 때는 우리나라 창작 그림책이 어느 정도 출판되었고 외국 작가 책들도 번역되어 단행본을 구입해서 책을 읽어줄 수 있게 되었다. 작가별로 작품을 읽어주었기에 나도 작품을 깊이 있게 볼 수 있었고, 아이도 작가의 기법과 내용의 깊이를 알게 되었다.

사실 전집을 만들어 본 입장에서 전집 구성을 얘기해 본다면, 유명 작가 작품 서너 권 계약하고 나머지는 신인 작가 작품을 공짜로 계약해서 채워넣는 경우가 많다. 이렇게 구색을 갖춰 전집을 만들면 집집마다 아이들이 좋아하는 책은 딱 한 작가 책이다. 세계적인 작가의 책이었다.

전집을 몇 질 사다 보면 예산이 '펑크'가 나고 아이들은 수백 권의 책 가운데 고작 몇 권만 읽는다. 이렇게 제대로 된 책을 읽지 못한다면 책은 장식용이 되고 자기 나이에 맞는 독서가 되기 힘들다.

그래서 이런 고민들을 상담하여 아이의 연령과 취향, 형편에 맞게 북클리닉이라는 제도를 만들었다. 기존 회원들 중에 책 고르기가 힘들어 꾸준한 책 관리와 우선 상담을 원하는 분들부터 시도해보았다. 아이의 연령과 성별, 그동안 어떤 책들을 읽어왔는지 상담해 기록하고 현재 독서 상태는 어떤지 알아보았다.

북클리닉 회원 제도는 곰곰이 책방에 회원 가입만 하면 누구든 신청할 수가 있고 대상은 0세부터 고등학교 3학년까지다. 물론 어른들을 위한 책들도 따로 선정할 때가 있다. 한글을 깨우치지 못한 친정 엄마를 위해 그림책을 선정해서 매달 보내달라고 한 경우도 있었다.

아이랑 직접 책방을 방문해서 신청하는 경우도 있지만 대부분은 전화 상담이다. 직장을 다니면서 따로 책을 골라 읽어주기도 힘들고 멀리서 책방에 오기도 힘들기에 전화 상담 신청을 하면 학부모가 편한 시간에 우리가 전화를 한다. 아이의 이름과 성별, 나이, 가족 구성, 독서 이력(전집 구입 여부, 단행본 구입 여부, 학습만화 소지 여부, 도서관 이용, 독서 논술 수업 여부)을 들어본 다음 아이의 성격과 부모가 책을 직접 읽어주는지 등을 물어본다. 그리고 북클리닉 회원 제도를 신청한 이유도 알아본다(대부분이 책과 멀어지는 시기에 신청을 한다).

상담 후 아이와 부모가 책에 대해 어떻게 생각하고 있는지 파악한 후 독서 환경 조성부터 부탁한다. 우선, 읽지도 않는 책들이 서가에 가득 찼을 때 그 책들을 정리하는 것이다. 연령에 맞지 않는 오래된 전집과 과학·역사·인물 학습만화 시리즈, 맞춤법도 안 맞는 물려받은 책들을 정리해 달라고 한다. 이런 책들이 몇 백 권이나 천 권이 넘어가면, 아이들은 책에 질리게 되고 학습만화만 손에 잡을 뿐 더는 독서를 하지 않게 된다. 그래서 서가를 비우는 일부터 시작한다.

안 읽는 전집들을 중고 책 가게나 인터넷에서 처분하고 다 본 학습만화 시리즈도 다른 곳에 보내자고 설득한다. 실제 학습만화를 일주일에 한 권씩 사준 가정의 아이를 봤는데 말 주머니가 없으면 책을 읽지 못하고 표지도 만화가 아니면 관심이 없어 다른 형태의 책을 보지 못했다. 초등학교 1학년 여자아이였는데 만화책만 보니 미술 시간이나 일기장에 그림을 그리면 말 주머니가 꼭 나타나서 만화 중독 현상이 일어나기도 했다. 그림책을 추천하면 시시하다고 하고 이야기책을 추천하면 지루하다고 했다. 오로지 만화책만 시시하지도 않고 지루하지도 않게 볼 뿐이었다.

과학 만화나 역사 만화, 인물 만화의 경우는 내용은 어려운데 말 주머니를 비롯해 말장난이 재미있어 아이들은 그 책들을 부둥켜안고 있다고 할 수 있다. 특히 학습만화는 일곱 살부터 1학년까지 많이들 구입하는데 무슨 내용인지도 파악이 안 된 상태에서 만화만 보게 된다.

일단 서가를 정리하면 곰곰이 책방에서 선정한 목록의 책들을 보낸다. 기본 권수는 다섯 권이다. 대상은 아이 한 명이거나 형제일 수도 있고, 삼 형제 이상은 아이마다 필요한 권수를 정할 수도 있다. 상담할 때 어떤 책 선정을 원하는지 알아보고 방향을 정한 다음 책을 제시하고 아이와 엄마가 결정한 책 목록을 최종 확인해 다섯 권을 발송한다. 물론 책 권 수는 다섯 권 이상인 경우도 많다. 다섯 권이 집에 도착하면 좋아하는 책은 세 권 정도이고 나머지 두 권은 자료집이거나 지식책인 경우가 많다. 자료집이나 지식책은 학습과 관련된 책들이어서 그 나이에 필요한 상식이나 백과사전이라 생각하고 활용하는 것이 좋다.

북클리닉은 평소 곰곰이 책방을 드나들면서 권하는 책이 마음에 들어 좀 더 체계적으로 책 관리를 받고 싶은 회원들이 신청한다. 또는 북클리닉을 하고 있는 회원의 집에 놀러 온 친구나 방문한 친척들이 그 집 책들이 마음에 들고 자기 아이가 집에 있는 책보다 잘 볼 때 신청하는 경우가 많았다.

책을 싫어하는 아이는 없다. 다만 책 선정이 잘못되어 책과 멀어질 뿐이다. 그래서 북클리닉 제도에 더 공을 들이는지도 모르겠다. 어렸을 때부터 계속 읽고 있는 책이 있다는 것은 무언가를 생각하며 시간을 보낸다는 것인데 그 무언가가 많은 공을 들인 책이라면 이 얼마나 멋진 일인가. 아이들 내면에 차곡차곡 그림 지층, 언어 지층이 쌓여 추억의 장면들이 훗날 생각나지 않을까.

북클리닉 제도는 도서 종류별로 회원의 나이와 취향을 고려해서 책을 선정하기 때문에, 선정하는 사람이 책을 골고루 봐야 하고 구간과 신간을 넘나들며 비교하고 분석해야 한다. 그리고 개개인의 독서 습관과 취향을 반영해 책을 골라야 하며 곰곰이가 선정한 책을 읽고 자랐을 때 어떤 그래프가 그려지는지 생각해봐야 한다.

이 제도는 많은 책방과 대형 출판사에서 뛰어들었으나 대부분이 신청한 회원을 감안해 책을 선정하는 것이 아니라 주최 측의 사정과 취향에 맞춘 목록을 제시했기에 실패했다. 대형 출판사와 대형서점에서 우리가 하는 북클리닉 제도와 비슷한 것을 만들어서 마트나 길거리에서 홍보하는 것을 보게 되었다. 하지만 우리는 목록만 보아도 신청서만 보아도 누구를 위한 제도인지 금방 파악할 수 있다.

대형출판사의 북클럽 목록은 다섯 권의 책값이 싸기만 할뿐 재고 정리 목록이 절반 이상이었다. 재고 정리란 오랫동안 누적되어 창고에 쌓인 책들을 정리하는 것이다.

다음으로는 대형서점에서 북 마스터를 들여 개별 상담 후 책을 선정하는 제도를 만들었는데 출판사는 다양해졌지만 개인 성향을 맞춰 선정한다는 것이 쉽지 않은 듯했다. 단계별로 나이별로 책을 선정한다면 아이들은 흥미를 잃게 되고 부담스러운 책들이 집에 쌓이게 된다.

반면 곰곰이 북클리닉 회원제는 같은 나이라 하더라도 집집마다 목록이 다르고 개인 성향에 맞게 선정한 책들이다. 책 선정은 양심적이어야 하고 섬세해야 한다.

많은 책방들이 북클럽을 시도하는 이유는 좋은 책을 선정해서 고정 독자층도 늘리고 고정적으로 나가는 책을 통해 안정적인 수입을 바라기 때문이다. 하지만 상담 전화를 받다 보면 한두 시간이 금방 지나가고 책 선정은 개개인별로 다양해야 만족한다. 게다가 책값 결제가 미리 되어야 하는데 안 되었을 경우 책 대기 상태가 오래 갈 수도 있다.

물론 우리도 힘들긴 마찬가지다. 한 아이의 차트를 들고 책방 안을 몇 바퀴씩 돌며 책 다섯 권을 선정한다. 그래도 선정한 책들 중 마음에 안 든다고 다른 책으로 바꿔달라고도 하고 다섯 권은 많다며 두 권 정도 빼달라고 하기도 한다. 곰곰이 책방에서는 원칙이 무너지는 건 막아야 하므로 그런 경우는 북클리닉 회원이 아닌 일반 회원 제도로 바꾸는 게 좋다고 권한다. 어떤 회원 제도가 자리 잡기까지는 계속 대화를 나누어야 하고 불합리한 부분은 바꿔나가야 하기에 책방지기들은 계속 고민을 한다.

처음에는 다섯 권, 일곱 권 기준으로 신청하게 하고 책값 할인과 적립 혜택을 주며 택배비는 다섯 권에 한해서만 내게 했다. 그런데 점점 책값이 인상되는 바람에 20년 가까이 하면서 조건이 서너 번 바뀌게 되었다. 지금은 권 수가 아닌 5만 원, 7만 원으로 자동이체 신청을 하고 매달 책값과 택배비를 합쳐 정산을 해서 영수증 처리를 한다.

북클리닉은 곰곰이 책방이 가장 공을 들여서 상담을 하며 보람을 느끼는 제도이고 아이들과 회원들에게 유익하면서도 책 읽는 재미를 느끼게 해주는 알찬 제도다. 우리는 곰곰이 책방이 선정한 목록들이 강매가 되지 않게 조심한다. 부담되어 책이 싫어져서는 안 되고 매달 선정한 책들이 기다려져야 우리도 보람이 있다. 해운대 지역에 사는 북클리닉 회원은 직접 와서 가져가지만 다른 지역이나 직장 때문에 못 오는 분들은 택배로 책을 받는다. 택배로 도착한 책들을 선물 받은 것처럼 좋아하고 어떤 책이 있을까 두근거리는 마음으로 상자를 열어보는 아이들이 많다.

북클리닉 회원들과 상담을 하다 보면 다양한 경로와 이유로 신청한다는 것을 알게 된다. 자녀가 편독을 하거나 반대로 한 분야로 전문적으로 키우고 싶어서 신청하는 경우가 많고 아니면 자녀가 책을 아예 안 봐서 걱정되어 신청하는 경우도 많다. 또한 할머니나 이모, 외숙모가 손주나 조카들을 위해 책값을 지불해주고 곰곰이 책방이 선정해서 보내주는 경우도 있다. 1년 동안 지인의 아들에게 상담해서 보내주라고 하는 분도 있었다.

한 달에 한 번씩 300명이 넘는 회원들의 책 목록을 확인하고 직접 택배 발송까지 하다 보니 일이 많아진다. 그래도 개인 상담 종이 파일만

봐도 애정이 간다. 스마트 탭으로 연락하고 책 표지 사진을 찍어 확인하고 관리하지만 개인 상담 파일은 종이 파일로 보관하고 직접 손으로 쓴다. 그러다 보니 때로 낡아 너덜너덜해지기도 한다. 디지털 시대에 아날로그적인 방법이 정이 가는 건 그만큼 정성이 가기 때문이다.

북클리닉 회원의 절반은 부산 외 타 지역이고, 부산 안에서도 해운대구 아닌 다른 지역이 절반 정도가 된다. 직접 만나서 상담하고 선정한 책을 찾아가는 경우도 있지만, 대부분 전화 상담을 하고 책을 택배로 발송한다.

곰곰이 책방 블로그나 페이스북으로 알게 되어 신청하는 경우도 있지만 대부분 기존 북클리닉 회원의 소개로 신청을 한다. 소개로 신청이 들어오고 상담을 하게 되면 주소지가 기존 회원들과 비슷한 경우도 있고, 책방이 없는 먼 지역인 경우도 있다. 상담도 하고 목록도 보내면서 회원 가정 상황도 이해가 되고 아이가 책을 어떻게 생각하고 있는지도 상상이 되면서 부모의 입장이 이해도 된다.

북클리닉 회원 중 가장 오랫동안 이어가고 있는 아이가 지금은 대학생인데, 다섯 살 때 회원이 되었다. 엄마가 직접 책방을 처음 찾아왔을 때는 육아 휴직 중이었다. 처음에 목소리가 무척 청아한 분이라 놀랐다. 나중에 아나운서냐고 물어봤더니 성우라고 했다. 그 때는 아이가 둘이었는데, 엄마가 책을 읽어주면 아이들은 참 행복하겠다는 생각을 했다. 그림책 보는 방법부터 가르쳐주었고 그림책의 어휘가 얼마나 중요한지도 알려주었더니, 그림책의 매력에 빠져 책을 다 읽었다고 계속 구입하러 왔다. 전집보다 단행본이 얼마나 알찬지 알고 나서는 열심히 책방을 드나들었다. 그러다가 셋째를 출산하고 나서는 북클리닉을 신청하고 꾸준히 아이 셋을 위해 권수를 따로 정해 놓고 한 달에 한 번씩 우리가 선정한 책을 받게 되었다. 그렇게 18년째 책을 받고 있다.

한번은 방학이 되어 아이들이 엄마랑 방문했는데 큰아이가 "역시 여기 오니까 책 고르기가 편해. ○○에는 내가 원하는 책들이 없어." 라고 하는 바람에 엄마가 민망해한 적이 있었다. "곰곰이 책방이 멀어 집 앞 ○○문고에 가서 책을 고르자고 했는데 책은 많지만 고를 책이 없다고 하더라고요."라고 말했다. ○○에 들어서면 팬시용품이 있어 많은 청소년들이 가지만 정작 책을 사러 가는 아이들은 고를 책이 없었나 보다. 삼남매가 하고 싶은 일이 각각 다르다고 해서 전공하고 싶은 분야의 책을 선정해서 보냈다. 큰 애는 외국으로 대학을 갔고, 지금은 두 아들 책만 선정해서 보내고 있다. 가끔씩 학교도서관 책도 따로 선정해서 보내달라고 해서 보낸 적도 있었다.

다음으로는 안산에 사는 남매 회원 집인데, 처음에는 김해에서 책을 받아보았고 큰 아이의 나이는 일곱 살이었다. 김해에 살던 때에 한 달에 다섯 권씩 책을 보내다가 큰 아이가 초등학교 2학년 때 경기도 안산으로 이사를 가서 동생 것과 함께 꾸준히 일곱 권을 보냈다. 큰 아이는 이과 성향이 짙었는데 문학을 접하면서 시를 쓰게 되었다. 중· 고등학교 시절에 문학과 고전에 몰두하더니 대학은 수시로 경희대학교 국어국문학과에 들어가게 되었다. 학원 하나 다니지 않고 대학에서 여는 논술대회에도 입상한 경력이 없는데 스스로 쓴 시가 독특해서 경희대학교에 합격했다고 한다. 언젠가 시인으로 등단을 할 텐데 이름이 독특해서 금방 알 수 있을 것 같다.

경주 영주에 사는 아들만 셋인 집도 오래된 회원이다. 부산에 있는 고교 동창 소개로 곰곰이 책방 북클리닉을 알게 되었다고 했다. 그 집은 영주에서 ○○상회라는 잡화점을 운영했다. 가보지는 않았지만 그 집에는 많은 사람들이 드나드는 것 같았다. 일단 곰곰이 책방 클리닉 책이 도착하면 아이들이 책 보기가 바쁘고 친구들이 놀러 오면 게임은 안하고 다들 책을 보기 시작한다고 했다.

그런 광경들이 신기하기도 하고 주위 장사하는 분들이 자기 아이도 책을 본다니 북클리닉 회원으로 가입하겠다고 해 그 동네에서 회원 가입이 계속된 적이 있었다. 주소를 보면 ○○정미소, ○○목욕탕, ○○방앗간 등 부모님이 무언가를 운영하고 있는 집 아이들이었다. 다들 주변에 좋은 책을 선정해주는 서점도 없고 도서관이 잘 되어 있지 않아 전집만 비싼 돈을 들여 사주었다고 한다. 그래도 아이들은 책을 보지 않다가 친구 집에 모여 책을 본다니 다들 기특해서 각자 개별 상담 후 보내달라고 했다. 다들 바쁜 와중에도 책에 대한 애정이 많은 분들이었다.

비슷한 예로 경기도 고양시에 사는 회원은 아들만 둘인 집이었는데 친구 집에 놀러 가면 책을 잘 보기에 북클리닉을 신청하게 되었다. 처음에는 두 아들을 위해 했는데, 거실에 꽂아 놓은 책들을 그 집에 피아노 레슨 받으러 오는 친구들이 기다리는 동안 읽기 시작한 것이다. 책 읽는 재미에 일찍 오는 친구들도 있어서 피아노 레슨 시간을 기다리는 일이 즐겁기만 한 것 같다고 이야기를 해주었다. 집에 오는 아이들 입장에서는 좋은 책도 읽고 피아노 레슨도 받으니 일거양득이었던 것이다.

김해에 사는 회원은 일곱 살 때부터 꾸준히 책을 받아 읽다가 중학교 때 아버지가 중국으로 지사 발령이 나서 북클리닉 회원을 그만두게 되었다. 오랫동안 우리가 선정한 책을 무척 좋아하던 여자아이였는데 청소년이 되어 떠난다니 무척 섭섭했다. 그러더니 우리에게 중국까지 책을 정기적으로 보내줄 수 있냐고 물어왔다. 가까운 나라이긴 했지만 책값만큼 무게도 나가 수송비가 만만치 않고 계좌 입금도 불편해 그만두었다. 그런데 6개월 후 인천에서 책방으로 전화가 왔다. 김해에 살다가 중국으로 간 그 아이였다. 방학이라 잠깐 귀국했는데 인천까지 택배로 책을 받아 중국으로 들어가고 싶다는 것이었다. 그렇게 해서 다시 책을 선정해서 보냈다. 그 후에도 또 한 번 책을 보내준 적이 있었다. 스스로 책을 골라 구입할 기회가 참 많았을 텐데 우리가 선정한 책에 대한 믿음이 커서 기다리고 있었다니 얼마나 고마운 일인지.

여름이면 친척 집이나 친정에 놀러왔다가 친척인 회원과 같이 곰곰이 책방에 오는 식으로 북클리닉을 신청한 분들의 소개소개로 가입을 하기도 한다. 제주도로 이사 간 친구가 계속 북클리닉 회원을 유지하는데, 제주도는 택배비가 두 배로 들어가기는 한다. 서울에도 좋은 책방들이 많고 제주도에도 책방이 많은데 곰곰이 책방이 골라주는 책을 읽고 기뻐한다는 사실이 너무 고마웠다.

해운대에 사는 회원들은 북클리닉 책을 찾으러 책방에 오면서 본인이 읽을 만한 책을 더 구입해 가기도 한다. 조카들도 이런 책을 읽으면 좋겠다고 하며 이모나 고모가 조카들 것까지 매달 결제하는 경우도 있다.

어떤 회원은 이제 한글을 알게 된 친정어머니를 위해 그림책을 선정해서 보내달라고 신청했다. 한동안 할머니를 위해 읽기 쉽고 그림도 좋은 그림책을 선정해서 보낸 적이 있다. 참 마음이 따뜻한 딸이었다.

북클리닉 회원 상담을 하다 보면 누구를 위해 어떤 마음으로 무슨 책을 골라야 하는지 메모를 해놓고 한 달에 한 번씩 그 사람을 생각하게 된다. 그래서 개인 상담 종이 파일 하나하나가 소중하게 느껴진다.

서재 만들기 프로그램과 책재미 회원제

어느 집이건 책을 보는 장소는 있을 텐데 주기별로 책을 사다 놓고 실컷 보고 싶을 때가 있다. 매달 네다섯 권씩 선정해서 보내주는 것도 좋지만, 분기별로 책을 한 오십 권씩 사다 놓고 다 보고 나면 다시 그만큼 구입해서 또 보고 그렇게 책 고프지도 않고 과하지도 않은 책 구입을 우리는 '서재 만들기 프로그램'이라고 한다.

보통은 거실이나 공부방에 5단짜리 책꽂이 여러 개를 빽빽하게 배치해 놓고 표지 색과 크기가 똑같은 전집으로 책장을 채워넣는다. 가끔씩 학습만화 전집이 들어와 만화방 같은 분위기도 많다고 한다. 그런 환경에서 크는 아이들이 과연 책을 자유롭게 볼 수 있을까? 그리고 마음에 오래 남는 책이 있을까? 장식용 책만 꽂아놓는 서재 같아서 한 번도 서재 만들기를 생각해본 적이 없었다. 그러다가 1년이 되어 책꽂이에 책을 꽂아 보니 한 칸에 육십 권 정도가 꽂힌다는 걸 알았다. 이백 권 가까이 꽂힌 책은 3단 책꽂이가 가능하고 1년 동안 읽는 거니까 크게 부담되지 않았다. 그래서 3단 서재 만들기 프로그램을 하게 되었다.

북클리닉 회원을 하다가 감질나서 그만두고, 예산과 분야를 일러주며 서재 만들기를 신청하는 분들이 있다. 그러면 책방 선생님들은 그 아이를 위해 목록을 뽑아 책을 준비해 놓는다. 북클리닉의 연장선에서 서재 만들기 프로젝트를 하는 것일 뿐 책을 많이 팔기 위해 하는 것은 아니다.

다음은 2020년 들어 책이 얼마나 재미있는지를 알게 하는 회원제를 만들었는데 이름은 '책재미 회원제'다. 북클리닉 회원에 비해 권 수는 적지만 한 달에 한두 권 읽으며 책 재미를 붙이는 회원 제도다.

어느 날 곰곰이 책방에 한 통의 전화가 걸려왔다. 일곱 살 아들을 둔 엄마였는데, 아들이 그림책을 볼 때 깔깔깔 대고 웃으며 보면 좋겠다고 했다. 요즘 그림책들은 너무 학습적이고 우울해서 책 재미를 떨어뜨린다는 것이었다. 그러고 보니 예전에는 웃기고 재미있어서 친구한테도 권하는 책이 많았는데, 점점 생각을 해야 이해가 되는 책들이 늘어났다. 특히 그림책을 보는 아이들은 글을 보고 그림을 이해하면 안 된다. 그림 구성이 잘되어 그림만 보고도 이해가 되면서 오래 남아야 한다. 그러려면 재미있고 유익해야 한다. 그래야 그 그림책을 가지고 있었으면 하는 마음이 든다.

또 점점 책과 멀어지는 아이들도 있어 책에 재미를 붙이기 위한 회원제를 만들었다. 한 달에 한 권 이상 본인이 읽을 수 있는 만큼만 책권수를 정하고 곰곰이 책방이 독서력을 높여줄 수 있는 재미있는 책을 추천한다. 대상은 꼭 아이들만은 아니다. 책이 '고픈' 어른들도 가능하다.

한 유치원 선생님은 아이들을 데리고 견학을 왔다가 책재미 회원을 신청했다. 책 안 읽는 조카들을 위해 한 달에 두 권씩 선정해서 아이들이 책 선물을 받고 재미있게 읽기를 원하기 때문이라고 했다.

이 세상에 책을 싫어하는 사람은 없다. 다만 선정이 잘못되어 책이 싫어지고 멀어지는 것이다. 그래서 선정 도서 목록은 중요하다. 어렸을 때부터 어떤 책을 읽고 자라느냐는 그 사람의 인생에 있어서 중요한 역할을 한다.

재미만 있고 내용이 부실하다면 그 또한 양서라 할 수 없고 다양한 각도의 재미도 있고 유익한 점까지 있다면 기억에 오래 남을 수 있다. 책을 음식에 비유한다면 어쩌다 먹는 맛있는 반찬이나 요리가 아니라 항상 주식으로 생각하는 밥과 없으면 찾게 되는 김치 같은 존재가 아닐까 그런 생각이 든다. 그렇게 평생 배가 고프면 밥 먹듯이 책을 다 읽으면 다음에 읽을 책을 옆에 놔두는 '책 고픈' 어른으로 살아가려면, 어렸을 때부터 책을 재미있다고 여겨야 한다. 그래서 책 재미를 놓쳐서는 안 된다는 것이다.

시행착오를 거친 프로그램

5

회원제와 회원의 날

책방을 운영한다면 다양한 행사와 프로그램을 기획해야 한다. 다른 모임에 갔다가 아이디어를 얻어서 할 수도 있고 작가나 출판사와 협의해서 책방만이 할 수 있는 강연회를 기획할 수도 있다. 또 책방의 회원들이 제안해서 동네 사람들과 함께할 수 있는 이벤트도 해보고, 동네 행사에 참여해보는 것도 좋다. 전국의 많은 책방들이 아이디어를 내서 지역 주민과 잘 어울리는 책과 작가를 찾고, 공간이나 장소에 잘 어울리는 행사나 프로그램을 기획해 운영한다.

이때 유의해야 할 점은 책방 이미지와 잘 맞고 회원들에게도 도움이 되는 기획을 해야 한다는 것이다. 창의적이며 다른 곳의 프로그램과는 차별화되어야 한다. 그렇지 않으면 책방지기만 고생하고 성과가 없어서 운영하는 데 도움이 안 되기 때문이다.

곰곰이에서도 20년간 책방 안과 밖에서 다양한 행사와 프로그램을 진행했다. 열심히 운영하다가 조금씩 방법을 바꾸기도 하고 시행착오도 겪었으며, 기획한 행사나 프로그램이 없어졌을 때는 아쉽기도 하고 최선을 다했기에 미련이 없을 때도 있었다.

곰곰이 회원제를 처음 만들었을 때는 아이 이름으로 한 가정에 한 명만 가입하면 된다고 했다. 가입 기간은 2년이었고 2년이 지나면 가입비를 다시 받았다. 그러다가 어떤 분이 아이가 세 명 이상이면 꾸준히 올 텐데 다른 책방에서는 평생회원제가 있다며 여기도 만들면 안 되겠냐고 제안했다. 그래서 아이가 셋인 분들을 위해 도토리 회원제를 만들었다. 이름을 만들 때는 도토리가 한 가지에 여러 개가 달린 모양이라 다자녀와 잘 맞는다고 생각했다. 회원 기간은 막내가 중학교를 졸업할 때까지로 했다. 회원 가입비는 일반 회원과 같이 2만 원이었다. 하지만 의외로 기간이 길었고 책방을 방문하든 안하든 10년 넘게 곰곰이 신문을 매달 보내는 것이 운영자로서는 불합리한 제도였다. 그래서 회원 가입 사항에 모든 회원들은 6개월 안에 한 권이라도 책을 구입하지 않으면 정기간행물 곰곰이 신문을 발송하지 않는다고 기재했고 회원 가입할 때 이를 설명했다. 그렇게 하자 도토리 회원은 자연스럽게 없어졌다.

지금은 회원 가입비가 만 원이다. 대신 곰곰이 신문은 책방을 방문해 직접 가져가는 걸로 했다. 재가입비는 없앴지만, 6개월 안에 책 구입이 없고 2년 이후 온다면 재가입을 해야 한다. 책방 방문을 꾸준히 하면 여러 혜택이 있다는 것을 회원들이 알게 하기 위해서였다. 물론 행사나 프로그램이 있으면 회원들에게 먼저 SNS로 소식을 알리고 참여할 수 있도록 하고 있다.

다음은 회원들을 위한 '회원의 날' 제도다.

책방을 처음 차렸을 때 가장 먼저 한 생각은 우리 회원들에게 좋은 책을 소개하는 날을 가져야겠다는 것이었다. 그래서 일주일에 한 번 회원들에게 건강한 우리말이 살아 있는 노래도 가르쳐주고 그림책을 선정해서 읽어주는 시간을 가졌다. 읽어줄 그림책은 외국 그림책보다는 우리 옛이야기부터 알게 되면 좋겠다고 생각해서 우리 작가 그림책부터 선정해서 읽어주었다. 책방 선생님이 읽어주었는데 점점 소문이 나서 아이들과 엄마들이 많이 모이고 좋은 그림책에 대한 이해의 폭이 넓어지기도 했다.

초기에는 일주일에 한 번이지만 '무슨 책을 읽어주면 감명 깊게 받아들일까?' '어떤 연령의 아이들이 올까?'(매주 오는 아이들이 일정치가 않았다.) '읽어준 책을 엄마들이 아이들에게 사줄까?' 등 여러모로 잘해보겠다고 신경을 많이 썼고 보람도 있었다. 그렇게 6년간 그림책 읽어주는 행사를 계속 했는데 어느 순간 회원의 날 행사가 힘들어지기 시작했다. 소규모로 시작해서 점점 인원이 많아졌고, 회원의 날 행사가 끝나면 보람을 느끼기보다는 회의가 들기 시작했다. 그림책을 사랑하는 회원들보다 아이들을 책방에 맡기는 엄마들이 많아져 탁아 기능까지 도맡아야 했다.

심지어 같은 건물 학원에서 원장 선생님이 우리가 진행하는 회원의 날을 학원 프로그램에 넣어 아이들을 이십 명씩 데리고 내려오기 시작했다. 명분을 얻고자 책방 회원 가입은 시켰으나, 몇 달을 매주 견학코스로 데려와 곰곰이 책방을 아수라장으로 만들었다. 또한 그림책 보는 미취학 아이들이 많아 엄마가 올 때까지 곰곰이 선생님들이 아이들을 돌봐야 했고 서가의 책들은 보다 말고 던져져 있어 손상이 많았다. 회원의 날이 아니라, 책 반품의 날이 되어버렸다.

이렇다 보니 회원의 날이 다가올 때마다 책방 선생님들은 회원을 맞이하는 즐거움이 없어지고 예민해져서 긴장하기 시작했다. 함께 재미있는 노랫말이 담긴 노래도 배우고 좋은 그림책도 감상해보는 시간을 갖고자 하는 의미가 사라져 결국 회원의 날을 없애기로 했다.

추억도 많았고 보람도 있었으며 아쉬움도 남는 회원의 날이었다. 당시 전국의 어린이 책방에는 회원의 날이 많았는데 행사가 끝나면 책방지기들이 소회를 각각 책방 소식지에 써서 실어 놓기도 했다. 내용은 거의 비슷했다. 정성은 쏟았지만 서운한 면이 많아 구구절절 상황을 써놓은 책방도 있었다. 행사 준비한다고 고생했는데 행사가 다 끝나도 책 한 권 사가는 사람은 없고 행사 쓰레기만 치워야 했으니 말이다.

어린이책 선정 위원회와 청소년과 작가의 만남

어린이 책방을 운영하다 보면 매너리즘에 빠질 때가 순간순간 온다. 책 선정할 때 그런 일이 생긴다. 어른들이 재미있고 유익하다 하는 책들을 과연 아이들이 좋아할까? 어른들이 정한 기준으로 고른 어린이·청소년 책들이 아이들에게 전해지다 보면 아이들 스스로 책 고르는 능력을 키우지 못하는 게 아닐지 걱정이 들었다.

그러던 중 김진경 작가의 강연회를 하게 되었다. 아이들이 좋아하는 《고양이 학교》 시리즈가 2006년에 프랑스에서 어린이가 직접 선정하고 수여하는 아동문학상인 앵코립티블(Incorruptibles)상을 받게 되었다고 했다. 작가들이 가장 받고 싶어 하는 상으로 4000개의 학교 13만 5천 명의 아이들이 직접 1년간 작품을 돌려 읽고 독서 토론도 하고 이메일로 작가를 인터뷰해서 한 작품에 수여한다. 한국 최초로 《고양이 학교》의 김진경 작가와 그림을 그린 김재홍 작가가 최고 점수를 받아 동시에 이 상을 받게 되었다고 했다.

그 소식을 듣고 우리나라에도 어린이책 선정 위원회가 있으면 좋겠다고 생각해서 '곰곰이 어린이책 선정 위원회'를 발족했다.

아이들이 각자 책을 읽어와 곰곰이 책방에서 제시한 평가 기준에 따라 책을 평가하기로 했다. 장르는 그림책과 창작 동화였다. 책을 읽고 나서 글로 평가하는데, 어린이는 3학년 이상을 대상으로 하고 그해 신간 위주로 책을 대여해 주었다. 그러고 나서 일주일 뒤 아이들이 작성한 종이를 걷어 그 중 좋은 책들을 골라 나가기로 했다. 우리나라에서 내노라 하는 작품들을 아이들이 평가한다는 것이 작가에게는 신선한 자극이 될 거라고 생각했다.

하지만 읽기는 했는데 뭐라고 써야 할지 모르는 친구들도 있었고, 이 또한 어른들이 좋은 책을 모아주고 그 안에서 아이들이 고르는 책이라 문제가 있었다. 그리고 사교육이 심한 우리나라에서는 아이들이 시간적 여유도 마음의 여유도 없었다. 좋은 책을 구입해서 일 년 동안 운영해보았는데 아이들에게 부담만 안겨주게 되어 그만두게 되었다.

'청소년과 작가의 만남' 행사도 시행착오를 겪었다.

회원의 날만큼 오래 하지는 않았으나 1년간 한 달에 두 번 작가와의 만남을 주말에 열었다. 인원은 열다섯 명 정도였고 대상은 책도 잘 읽고 토론도 잘하는 중학생들이었다. 중학생들과 함께 토론에 응할 작가 분들에게는 미리 주제를 두고 강연 준비를 할 수 있도록 했고, 아이들도 작가의 책을 읽고 작품 이야기를 할 수 있도록 준비해오라고 했다. 작가들은 준비를 많이 해와서 명강의를 해주었고, 나는 아이들 덕분에 뜻 깊은 강의를 듣게 되었다.

특히 《전쟁놀이》를 쓴 현길언 작가는 식민지 시대부터 제주 4·3사건까지 직접 겪은 이야기를 들려주었는데 일제 강점기 식민지 소년으로 살아가는 것이 무엇인지를 이야기해주었고 평화가 무엇인지를 가르쳐주었다. 그리고 이가령 선생님의 싱싱 글쓰기는 아이들에게 글 쓰는 힘을 실어주어서 그날 싱싱한 글이 한 편 탄생하기도 했다. 청소년들의 생활글이 생생하게 살아 있어서 신문에 실으면서 내용 때문에 많이 웃었다. 사춘기 아이들의 글이 이렇게 싱싱한지 몰랐다. 이상권 작가는 아이들에게 본인이 겪은 청소년 시기의 장래희망에 대해 강의 했는데, 생물학자의 꿈은 못 이뤘지만 생태 동화 작가로 인정받게 되 었다고 했다. 청소년 시기에 성적이 안 된다고 꿈을 포기하지는 말라 는 말도 해주었다. 임정진 작가는 작가라는 직업의 장점을 이야기해 주었고 어린이·청소년 책 시장이 점점 좁아지니 해외 시장을 개척하 는 것도 중요하다고 했다.

그런데 일요일 두 시에 모임을 하면 한가한 시간이라 뜻 깊고 귀한 강의를 들을 수 있어 도움이 많이 될 거라고 생각했지만, 일요일 모임 은 아이들에게 스트레스가 되기도 했다. 청소년과 작가의 만남은 1년 간 진행되다가 사라지게 되었다. 그렇지만 그때 청소년들 덕분에 듣 기 힘든 귀한 주제로 의미 있는 강의를 들을 수 있었다.

시대의 변화와 함께한 어린이 기자와 인터넷 기자

책방을 처음 열었을 때 남편과 나는 각자 분야를 정해 프로그램을 운 영하기로 했다. 남편은 세상을 알아나가는 신문 활용 학습(NIE)과 발 행을 해보고 싶다고 했다. 나도 신문 학습이 중요하다고 생각했다. 또 나는 독서 토론이 필요하다고 생각해서 우리는 각자 프로그램을 만들었다. 우리는 책방을 운영하며 곰곰이 신문을 만들어 이런 프로그램을 알려가기로 했다. 곰곰이 신문은 8면 중 4면은 책 소개와 책 관련 행사 내용을 싣고, 나머지 지면에는 어린이 기자들이 직접 발로 뛰어 취재해서 쓴 글과 기자 출신 청소년들이 쓴 칼럼을 실어 월간으로 발행하고 있다. 20년 역사가 된 곰곰이 신문은 국립어린이청소년도서관 정기간행물실에 보관되어 있기도 하다.

어린이 기자들은 취재해서 글을 쓰고 글에 대한 책임까지 져야 하니 신중하게 뽑아야 했다. 일단 기자 원서를 내어주고 1차 선발을 한다. 원서에는 이름, 주소, 연락처, 가족 상황과 장래희망, 현재 하고 있는 것과 자기소개를 쓴다. 2차에서는 1차에 합격한 아이들이 한 강의실에 모여 기자 선발 시험을 치른다. 평소 실력을 익히 알고 있던 아이들도 새로 알게 된 아이들도 필기 시험을 엄청 열심히 친다. 합격하기 위해서 평소 글 실력보다 훨씬 좋은 문장과 내용이 나온다. 우리 입장에서는 기사 쓰기에 꼼꼼한 아이가 자격이 있다고 생각해서 정확하면서도 냉철한 글을 쓰는 친구를 기자로 뽑는다. 기자가 되면 6개월 동안 수습 기자 교육을 받는다. 기사 쓰는 법, 설문지 조사와 통계 내는 법, 인터뷰와 좌담회 하는 법, 사진 찍는 법 등을 배운다. 그렇게 해서 한 달에 한 번씩은 취재를 나가 기사를 써왔다.

취재팀을 바꿔가면서도 하고 1년차, 2년차, 3년차까지 한데 모여 기획 회의, 취재 준비, 취재 진행, 원고 마감까지 선후배가 어우러져 15년을 이끌어갔다.

그런데 학교 제도가 바뀌어 노는 토요일이 생기고 영재 교육이 토요일에만 진행되니 한데 모일 시간을 잡기가 힘들었다. 물론 기자 아이들이 다 영재 교육을 받는 건 아니다. 다만 모집 시기가 똑같아서 갈등하는 친구들이 늘어나기 시작했다. 그래서 인터넷 기자 제도를 만들어 다른 지역의 아이들도 기자로 뽑아 취재를 해보려고 시도했으나, 수습 교육을 받지 못하고 매뉴얼만 보고 취재한다는 것은 쉽지가 않았다. 서울에 있던 두 명의 어린이 기자는 몇 달 못가서 그만두게 되었다.

결국, 우리는 어린이 기자 모집을 매년 12월에 해 서류 전형으로 선출하고 1월에 수습 교육을 하는 것으로 바꿨다. 이때 아이들은 6학년 아이들만 네 명 뽑아 1년간 기자 활동을 하고 졸업시켰다. 그렇게 지금까지 어린이 기자단을 운영하고 있다. 중학교 가서도 곰곰이 신문에 한 코너 글을 쓰고 싶은 친구들은 3년 정도 글을 쓰게 하고 있다.

20년간 기자단을 운영했고, 아이들은 기자 활동을 하며 많이 성장했다. 직접 발로 뛰어다니며 몰랐던 역사도 알게 되고 경제관념도 생기고 거리 감각과 교통기관에 대한 이해의 폭도 넓어졌다. 그리고 자기가 쓴 글이 인쇄되어 나왔을 때 글에 대한 책임을 져야 한다는 것도 스스로 알게 되었다.

어린이 책방에서 어린이들과 좋은 책도 읽고 발로 뛰어 세상을 알아나가는 활동을 한다는 것은 그 무엇보다도 의미 있는 일이었다.

어린이날 학급문고에 대한 추억

어린이날을 만든 방정환 선생님은 일본 유학 시절에 일본에는 남자 어린이날과 여자 어린이날이 있다는 것을 눈여겨보고 귀국하여 어린이날을 만들었다고 한다. 귀국하자마자 어린이라는 말을 만들고 천도교 학당에서 어린이날 행사를 했다. 나라도 빼앗기고 어린이 문화라는 것이 존재하지 않던 우리나라에 어린이날을 만들어 하루만이라도 빼앗긴 나라도 찾고 주인이 되어 마음껏 뛰어 놀고 행복하자는 의미에서 만들었다고 한다.

책방 하는 입장에서는 책이 어린이날 선물이 되기를 바라는 마음도도 있고, 선생님이나 학부모가 아이들에게 한 권씩 선물해 그 책이 학급문고가 되었으면 좋겠다고 생각한 적이 있다. 하지만 지금은 책보다 더 좋은 어린이날 선물이 많아졌고 학교에서는 어린이날 선물 반입 금지로 학급문고도 불가능해졌다.

책방 문을 열고 4~5년 동안은 4월 말부터 5월 초까지 학급문고 기간이라 책방에 손님들이 끊이지 않았다. 개인으로 학급문고 책을 선정해서 교실까지 배달해달라고도 하고 학부모 모임에서 선생님과 의논하여 학급문고 책을 넣어달라고 찾아오는 분들도 많았다.

그래서 밤 열 시까지 책을 선정해 바코드로 찍고 박스에 정리해 큰 강의실에 학교별로 구분해 보관했다. 그러면 그 다음 날부터 학부모들이 와서 책 박스를 가지고 갔다.

한번은 독서 지도 강사 한 분이 자신의 막내딸 반 학부모들과 책방에 들렀다. 진지하게 학급문고 책을 주문하는데 자기네 동네는 부유하지 못해 아이들이 좋은 책을 실컷 볼 책방도 도서관도 없다고 했다. 공단이 있고 변두리라서 환경은 좋지 못하지만, 학급문고에 좋은 책이 들어가면 아이들이 학교에서 함께 책을 볼 수 있기에 엄마들과 의논해서 십시일반으로 돈을 모았다고 했다. 5만 원씩 거둬 80만 원을 모아 학급문고 책을 넣어달라고 했다. 1년 동안 80만 원어치 좋은 책을 볼 수 있어서 기쁘다고 했다.

우리나라에서는 학급문고에 책 한 권씩 내라고 하면 버릴 것 같은 책을 교실에 가져가게 한다. 그러면 아이들은 1년 동안 그 책들을 읽지도 않고 손상만 하게 된다. 하지만 반대로 좋은 책들이 교실에 들어가면 아이들은 책 재미에 빠지게 되고 1년 동안 대화의 내용도 질이 달라진다. 읽어서 좋은 책은 아이들 사이에 빠르게 추천이 된다. 실제로 그런 좋은 예를 보게 되어 그때 책 선정이 무척 보람 있었다.

학급문고 주문이 많던 때 큰 강의실에 한 서른 박스 넘게 책을 품고 대기하는 모습은 지금 생각해봐도 진풍경이었다. 또 감동을 받은 일이 있었다. 학급문고 책이 들어갈 때, 학부모들이 곰곰이 책방이 많이 알려져야 한다면서 곰곰이 신문과 책 봉투를 반 전체 아이들 숫자대로 가지고 가서 나눠주었다. 그렇게 아이들 손에 신문과 책 한 권씩 들어가면 그중에 몇몇 아이들은 주말에 엄마랑 아빠랑 곰곰이 책방 나들이를 오게 된다. 가까운 데 살면서 곰곰이 책방을 몰랐다며 이제부터라도 자주 오겠다고 하는 분도 있고, 멀리서 주말에 일부러 찾아오는 분도 있었다.

가끔씩 학부모 통해서 학급문고를 곰곰이 책방에서 들였다는 것을 알고 주말에 반 아이들을 데리고 오는 선생님도 있었다. 그러다가 그 선생님이 다른 곳으로 전근을 가면 학부모들에게 곰곰이 책방에서 학급문고 책을 추천받으면 좋겠다고 안내할 때도 있었다. 아이들이 1년 동안 학급문고 책 덕분에 달라졌기 때문이란다.

책을 싫어하는 친구들은 없다. 책 선정이 제대로 되면 아이들은 운동장에 나가 노는 것도 잊어버리고 스마트폰 보는 것도 잊어버리고 책을 읽는다. 그게 학급문고의 힘이었다. 지금은 어린이날 학급문고는 사라지고 가끔 책의 힘을 믿는 분들이 개인적으로 학급문고 책을 추천해달라고 한다.

사회를 알아가는 어린이 기자들

어린이 책방을 열고 우리 부부는 매달 정기간행물을 만들기로 했다. 남편은 아이들이 직접 취재해서 만드는 신문을 발행하면 좋겠다고 해서 곰곰이 신문을 만들었다. 월간 정기간행물로 등록하고 어린이 기자단을 모집했다. 아이들이 기사를 기획해 직접 섭외하고 발로 뛰어다니며 취재하고 기사를 써서 곰곰이 신문을 발행해왔다.

  어린이 책방에 회원들이 있으니 어린이 기자가 되려면 어떤 과정을 거쳐야 되는지 설명하고 실제 발행되는 부수와 배포에 대해서도 안내할 수 있었다. 어린이 기자단 공개 설명회를 듣고 나서 기자가 되고 싶은 아이들은 기자단 원서를 내고 시험에 응해야 한다.

  태어나서 처음으로 자기 손으로 이름, 주소, 가족들 성별과 나이도 써보고 자기소개도 한다. 사진도 붙이고 부모님께 사인도 받아와야 한다. 고사리 손으로 쓴 기자단 원서를 지금도 보관하고 있다. 서류 심사가 통과되면 면접을 본다. 기자는 글도 잘 써야 하지만 취재할 때 적극적인 자세와 리더십도 필요하다. 그러면서도 기사는 꼼꼼하게 있는 사실을 써서 원고 마감까지 잘 챙겨야 한다. 그래서 책임감도 필요하다.

처음부터 이러한 요소를 다 갖춘 아이는 없다. 기자가 되겠다는 이유와 스스로 챙겨나갈 수 있는 마음가짐이 중요하다. 개인 면접에서 그 점을 눈여겨본다. 그리고 발행인이 낸 다섯 문제 정도에 대해 자기 문장으로 글을 써내야 한다. 똑같은 문제라도 글은 다 다를 수밖에 없기에 글을 보면 누가 기자가 되어야 하는지 확연하게 보인다.

어린이 기자는 아이들의 눈높이에 맞게 곰곰이 신문에 무슨 주제로 기사를 쓸 것인지 기획해서 가져오고 토요일에 모여 기삿거리를 정한다. 기삿거리가 정해지면 방식(전화 섭외, 직접 취재, 인터뷰, 설문조사, 좌담회 등)을 정하고 시간을 맞춰 모여서 내용을 정리한다. 기사를 보내면 발행인인 남편이 적합·부적합 기사를 구분하여 제대로 글이 나올 때까지 다시 써서 보내라고 한다. 기사는 독서 감상문도 아니고 체험 글도 아니어서 사실에 입각해서 냉철하게 써야 한다. 기사가 나오기란 쉽지가 않다.

그래도 곰곰이 신문에서 독자들이 가장 볼 만한 부분이 아이들 취재 글이라고 한다. 서툴지만 열심히 뛰어다니고 자기 관점으로 최선을 다해 나오는 글의 매력은 다른 글과는 비교가 되지 않는다.

2000년부터 20년 동안 어린이 기자와 함께한 취재와 모꼬지(수련회)

는 하나하나 소중한 추억으로 기억에 남고 신문으로 남아 있다.

2002년에 어린이 기자들과 함께 중국 북경을 거쳐 백두산 천지까지 갔다 온 일과 연변의 소학교에서 하루 수업을 받고 온 일, 조선족 신문사를 방문한 일은 평생 기억에 남을 것이다. 우리 민족인 조선족이 연변에서 생활하는 모습도 보고 한국어를 살리려고 조선족 학교를 다닌다는 것이 대단해 보였다. 한국어보다 외국어에 몰두하고 있는 우리가 부끄럽기까지 했다.

곰곰이 기자단 아이들과 일본 오사카, 교토를 방문(2007년)한 적도 있다. 임진왜란의 발자취와 일제 강점기 때 억울하게 죽은 윤동주 시인의 모교도 탐방하고 현재 오사카에 살고 있는 재일교포들이 장사하는 시장에 가서 실태조사도 했다. 임진왜란의 주범인 도요토미 히데요시를 모셔놓은 화려한 신사 건너편에 초라하게 있는 귀무덤이 충격적이었고, 윤동주의 모교 도시샤대학(同志社大學)에 세계적인 시인 윤동주를 기리는 시비가 있다는 것이 또 놀라웠다. 기자 아이들 덕분에 우리 부부도 새로 알게 되는 것이 많아 오래 기억에 남았다.

또 아이들은 기억에 남는 취재로 단연코 지율 스님과 함께한 천성산 환경 실태조사(2005년)를 이야기한다. 대구에서 부산까지 고속철 공사가 이루어지면 천성산 터널이 뚫리게 되는데, 지율 스님은 천성산 꼬리치레 도롱뇽이 사라질 거라며 청와대 앞 1인 시위와 단식투쟁을 한 분이었다. 처음에는 녹색연합 간사분과 곰곰이 책방에 오셔서 천성산 도롱뇽 살리기 운동에 동참해 달라며 도롱뇽 알과 도롱뇽 모습이 담긴 사진을 주고 가셨다. 나중에는 직접 천성산과 양산천 환경 조사를 하자며 내원사 절 버스를 보내주셨다. 그 때 낙엽 밑에 숨어 있는 도롱뇽 알들이 얼마나 많은지 보고서 깜짝 놀랐다. 그런데 한 달 뒤에 갔을 때에는 도롱뇽 알들이 천성산 개발 때문에 사라지고 없었다. 자연은 거짓말을 안 한다는 것을 기자 아이들과 함께 알게 되었다.

그러고 나서 한참 뒤인 2017년에 지율 스님이 기자 아이들과 천성산 꼭대기부터 낙동강 하구를 거쳐 다대포까지 환경 실태조사를 하자고 해 1박 2일을 함께 다녔다. 아이들은 그때 1박 2일을 아직도 잊지 못하고 있다. 천성산 계곡에서 낙동강으로, 또 다대포 바다까지 자연의 아름다움과 함께 자연이 어떻게 파헤쳐지는지 깨닫게 되는 귀한 시간이었다. 어린이 기자들은 그렇게 무르익으면서 커갔다. 지금도 그런 시간들은 계속되고 있다.

잘 자라준 곰곰이 키즈들

어렸을 때 책방에 와서 그림책도 보고 동화책도 읽다가 우리랑 체험학습을 다니며 추억들이 차곡차곡 쌓이는 아이들이 있다. 그러다가 중고등학교에 가게 되면 책방에 드문드문 온다. 사춘기에 들어서면 얼굴도 달라지고 키도 훌쩍 커버려 지나가다가 인사를 해도 잘 모르기도 한다.

　중학교에 가면 자기 의사가 뚜렷해지기 시작하니 부모님들께도 일단 아이 의견부터 들어주자고 이야기한다. 주체할 수 없는 에너지를 스포츠로 풀기도 하고, 쇼핑이나 얼굴 꾸미기에 집중하기도 한다. 또 아이돌 콘서트를 가겠다고 부지런히 돈을 모아 부모님과 약속한 성적도 올리려 하는 아이들도 있다. 그런 모습들은 예전에 내가 청소년이었을 때 했던 모습과 똑같다. 그래서 웃음도 나오고 이해도 된다. 부모님의 잔소리 패턴을 알고 있는 시기라 야단을 쳐도 소용이 없다.

한 5년간 독서 강좌에 참여했던 여자아이는 강좌가 끝날 때 아쉬워 자기 용돈으로 선인장과 금잔디 화분을 사왔다. 마지막 수업이라 서운해서 눈물이 그렁그렁 맺혀 있었다. 그 뒤에도 몇 번 시간 내서 찾아왔다며 나타났다. 책을 무지무지 좋아해서 책방 문 닫을 때까지 책에 파묻혀 있다가 집으로 돌아가는 그런 아이였다. 그 아이가 커서 책방에 들를 때는 우리 책방이 추억의 장소가 되지 않을까.

어릴 때부터 곰곰이가 만든 모든 프로그램을 다 경험하며 함께 자란 아이도 있었다. 아마 우리 카메라에 담겨 있는 이 아이의 사진이 우리 아들들 사진보다 더 많을 거라고 웃으며 이야기할 때도 있다. 뭐든지 열심히 하는 모습이 대견하고 실패하고 떨어져도 다시 도전하는 자세가 참 예쁜 아이였다. 커서 기자가 되기 위해 한겨레 청소년 기자가 되어 본인이 쓴 기사가 나오면 가끔씩 전화가 오곤 했다. 지금은 J방송국 인턴을 거쳐 일간지 청년 기자가 되었다.

또 좋은 초등학교 선생님이 되겠다고 한 아이도 있었다. 어렸을 때부터 자기주장이 강하고 모르는 게 있으면 꼭 물어보고 책도 꾸준히 읽어 독서량도 많았다. 웃음소리가 호탕해서 참 좋아했고 수능 끝나고 카운터 아르바이트를 하기도 했다. 교육대학교 면접 때 조심해야 할 점들을 물어보고 당당하게 합격하여 지금은 초등학교 선생님이 되었다. 아이들을 사랑하는 정말 좋은 선생님이 된 것 같아 늘 뿌듯하다.

청소년이 되었을 때 길거리에서 만나게 되면 동창 만나듯이 반가워하는 남자아이들도 있다. 표현력이 적은 아이도 있지만 길 건너다가 마주치면 우리를 쫓아와 자기 이름과 다니는 학교를 맞춰보라고 하는 친구도 있다. 키는 훌쩍 커서 고등학생인데 하는 행동은 사랑받고 싶은 어린아이 같았다. 우리 부부 덕에 모의고사를 치면 언어 영역이 만 점이 나온다고 자랑도 하고, 글 솜씨가 좋아 반성문도 잘 쓴다고 했다. 참 넉살이 좋은 녀석이다.

한 아이는 항상 자전거를 타고 돌아다니는데 가끔 엘리베이터에서 만난다. 그럴 때마다 자기를 기억하겠냐고 하면서 내가 못 알아보면 "민준이에요"를 외치며 사라진다. 그러다 2년 뒤 길을 가다가 한 청년이 다가와 꾸벅 인사를 한다. 자기는 민준이고 이번에 고등학교를 졸업하고 비행기 승무원이 되기 위해 말레이시아 대학으로 입학한다고 했다.

초등학교, 중학교 동창인 두 친구가 대학생이 되어 만나 불쑥 찾아온 적이 있다. 둘 다 대학교 3학년인데 만나서 지나가다가 아직도 그대로 인지 궁금해서 들어왔단다. 거의 10년 만에 만나 근황을 물어보고 하고 싶은 일을 물어보니 연극 연출을 하고 싶다고 한다. 아일랜드로 연수를 갈 거라고 하며 페이스북을 연결해놓고 간다. 이제는 우리와 '친구'가 된 것이다.

지난 겨울에는 초등학교 6학년 때 서울로 이사 간 곰곰이 기자 출신 주현이가 수능을 마치고 수시 합격 후 장문의 이메일을 신문 발행인인 남편한테 보냈다.

글을 잘 썼지만 워낙 말이 없어 친구들도 사귀고 취재하며 적극적인 학생으로 컸으면 해서 2년간 곰곰이 신문 기자를 하고 서울로 이사를 갔다. 아빠 직장 때문에 전학을 갔는데 본인 희망이 예능 PD라고 하면서 곰곰이 신문에 영화 일기 코너를 맡아 영화 소개 글을 쓰겠다고 했다. 그래서 중학교 1학년부터 5년 6개월 동안 글을 써서 연재를 했고 고등학교 3학년 2학기에 후배한테 그 코너를 넘겨주었다. 그 후 재수를 한다고 했는데 그 과정에서 자기 자신이 무얼 잘하는지 알게 되었다고 했다. 꾸준히 글을 써와서 자신감은 붙었는데 생각보다 성적이 안 나와 글 쓰는 것을 중단했다고 했다. 그런데 재수하면서 정시를 준비했으나 글 쓰던 시절이 생각나서 수시 논술을 잠깐 준비해 응시했는데 덜컥 합격이 되었다는 것이다. 글쓰기가 자기 인생에 도움이 될 거라고 생각 못했는데 합격을 하니 신기하기도 하고 자신을 인정하게 되었다고 했다.

나는 이런 청소년들과 청년들이 좋다. 좋은 환경에서 좋은 선생님 만나 좋은 대학을 가는 것도 중요하겠지만, 내가 무얼 향해 가고 있는지 나도 모르는 잠재력은 무엇인지를 스스로 발견해 나가는 것이 신기하고 기특하기만 하다. 어렸을 때부터 좋은 책들을 꾸준히 읽어나가고 무언가를 실행해 나가면서 도전을 해본 것이 밑바탕이 되었기 때문이라고 생각한다.

어릴 때 만나 청년이 되어서도 계속 소식을 듣게 되는 아이들, 청년이 되어서도 자기 길을 걷는다고 바쁘다. 경영학 전공인데 셰프가 되겠다고 준비하는 친구, 초등학교 교사가 된 친구, 호텔 홍보팀에서 근무하는 친구, 그림 작가가 된 친구, 뮤지컬 배우를 꿈꾸는 친구, 과학자가 되어 제대로 된 농부가 되겠다는 친구, 열심히 사회운동을 하는 친구

등 아직 앞날은 보장 못하지만 다들 열심히 산다.

열심히 하다가 중단하고 다른 일을 하게 되더라도 그 과정은 본인 인생에 중요한 역할을 하게 된다. 결과보다 과정 중심의 이야기를 하다 보면 실패한 인생은 없다. 남들이 실패했다고 한 과정은 다음 일을 할 때 밑거름이 되기 때문에 도움이 된다. 위기철 작가의 《생명이 들려준 이야기》에 나오는 "아이가 자라서 어른이 되는 것이지 어른이 되기 위해 아이가 자라는 것은 아니다"라는 말처럼.

책방의 연간 계획

6

성수기 행사 및 프로그램

책방을 몇 년 운영하다 보면 성수기와 비수기를 나름 파악할 수가 있다. 지역마다 다르고 책방마다 다르기에, 우리 책방의 계획이 어느 정도 도움이 될지는 모르겠다. 어쨌든 1월부터 12월까지 미리 준비해 놓아야 하는 것들이 생긴다. 우리는 어린이 · 청소년 책방이다 보니 유치부, 초등, 중 · 고등까지 시기별로 책을 준비해 놓는다.

책을 읽고 싶은 시기나 책을 준비해 놓고 싶은 시기인 성수기에는 책방에서 부지런히 목록 작업을 해서 행사도 하고 프로그램을 짠다.

1월은 새해가 시작되는 한겨울이면서 방학이기에 독서하기 좋은 때다. 방학을 맞이해 독서 강좌를 들을 수 있게 책방 프로그램을 마련하고, 방학 때 읽을 수 있는 책 코너를 따로 만들어 놓는 것도 좋다. 큐레이션하는 일은 책방의 기쁨이요, 책방을 들르는 사람들에 대한 예의라고 생각한다. 1월은 새 출발 할 수 있는 활기찬 책들이 좋다.

3월부터는 새 학년 신학기를 준비하는 책이나 교과서 원작 도서를 분석하여 꼭 필요한 원작들과 관련 도서를 잘 보이는 코너에 준비해 놓는다. 물론 인터넷 서점들이 내놓는 교과서 원작 도서의 허점과 관련 도서의 문제점도 비교해서 설명해준다.

5월은 가정의 달이기도 하니 가족 관련 책들을 선정해서 추천해주는 것도 좋다. 이제는 책이 '가성비' 좋은 의미 있는 선물이 될 수 있다는 점도 힘주어 말해보자.

7월 중순에 접어들면 여름방학이 되고 휴가철이 되어 오히려 책 구매가 떨어질 거라고 생각한다. 하지만 요즘은 사람들마다 휴가가 다 달라 곰곰이 책방에서는 '여름은 독서의 계절'이라는 슬로건을 내걸고 재미있고 신나는 책 목록으로 행사를 벌인다. 곰곰이 책방에서 엄마들이 가장 원하는 건 책 목록이다. 우리가 추천한 목록이면 신나게 책도 읽고 독서력도 높아진다. 책에 대한 흥미가 생기게 따로 목록 작업을 한다. 여름철 피서법으로 시원한 곳에서 책 읽기를 누리는 사람들이 늘고 있으며, 그런 이들이 책을 많이 구입해 간다.

9월이 되면 책의 달이라고 해서 지역마다 북 페스티벌이나 독서대전 등 책 관련 행사가 열린다. 자연스럽게 책과 친해질 수 있는 달이니 책방에 온 독자들에게 행사를 안내해주고 함께 참여도 해본다. 또 추석에는 그동안 본 책 가운데 감명 깊게 읽은 책들을 명절 선물로도 추천해본다.

12월이 되면 1년을 정리하며 서로에게 위안이 되는 작품이나 크리스마스를 주제로 한 그림책들을 전시하고 판매한다.

곰곰이 책방에서 한 2년 동안 크리스마스 이벤트를 한 적이 있었다. 산타 할아버지가 직접 책을 선물로 갖다 주며 부모님이 부탁한 메시지도 전달해주는 이벤트였다. 그래서 12월 24일 오후 여섯 시부터 아홉 시까지 집집마다 배달을 갔다. 산타 할아버지가 된 남편 말로는 아파트 입구나 엘리베이터에서 만난 사람들이 깜짝 놀라며 즐거워했고 집에 방문했을 때는 가족들 모두가 아이 못지않게 반갑게 맞이해줘서 즐겁게 마칠 수 있었다고 했다. 12월 한 달은 크리스마스 장식과 크리스마스 책으로 책방이 근사하게 꾸며져 파티를 하는 기분이다.

크리스마스 책 판매가 끝나면, 새해에 맞는 책들을 고르게 된다. 다가올 해는 어떤 띠인지 파악해 관련 책과 해당 동물이 들어간 그림책을 전시하며 새해를 맞이한다.

1년을 이렇게 보내고 나면 다음 해부터는 미리 준비할 수 있게 된다. 지난해 진행했던 프로그램이나 행사의 장단점을 분석해 보면 좀 더 완성도 높게 운영할 수 있다.

비수기 경쟁력 있는 프로그램

성수기에는 책방에 어느 정도 사람들이 오는데, 독서 습관이 잡혀 있지 않은 사람들은 1년 내내 책방에 오지 않는다. 비수기에는 책방에서 행사나 프로그램을 기획해 사람들이 오고 싶게끔 하는 것이 좋다. 월별로 짚어본다면 다음과 같다.

비수기 첫 달인 2월이 되면 곰곰이 책방에서는 새 학기를 준비할 겸 학부모를 위한 특강을 준비한다. 그 동안 겨울잠 자듯이 집 밖을 잘 안 나가던 엄마들도 친구들 손을 잡고 함께 와 자녀에게 유익하고 본인의 모습을 들여다볼 수 있는 강의를 듣게 된다. 추천하는 책들도 엄선해서 스스로 선택해서 사갈 수 있도록 한다. 새봄을 준비하는 2월은 1년 중 가장 짧은 달이기도 하다.

4월에는 봄날이 너무 좋아 놀러 다니는 사람들이 많다. 그래서 책방도 주위 상점들도 조용하기 그지없다. 아무리 큐레이션을 해봐도 사람들이 오지 않아 허무할 때가 많다. 그래서 아이들과 작가와의 만남을 주말에 하는 걸로 기획을 한다. 되도록 재미있고 유익한 만남을 생각하면서, 그림책 작가 작품 중에 아이들과 활동했을 때 신나게 할 수 있는 것을 찾는다. 아이들을 대상으로 작가 강연회를 할 때는 그동안 모시고 싶었던 작가가 누가 있었는지 살펴보고 두세 달 정도 미리 일정을 잡아야 한다. 작가들도 이 시기에 가장 많은 일정이 있어 강연회를 잡지 못할 때가 많다.

봄이라는 계절과 잘 맞으면 좋고, 아이들이 각자 가져갈 수 있는 무언가가 있으면 그 행사는 성공적일 것이다. 예전에 최향랑 작가와의 만남에서 꽃잎을 재료로 각자 개인 드레스를 만들어 포즈를 취하고 사진도 찍고 다 같이 행진을 한 적이 있었다. 작가님도 뿌듯하고 아이들의 집중력도 높고 포즈도 자연스러워 만족스러운 행사였다.

4월이 가고 가정의 달 5월이 지나면, 6월부터 7월 초에는 장마철로 접어들면서 책방이 조용해진다. 비도 종종 오고 책방에 사람들의 발길이 끊길 수가 있다. 책방 문을 처음 연 해 이때 사람을 만나기 힘들어 대책 마련이 필요하다고 생각했다.

그래서 어른들 정기 강좌를 기획하게 되었다. 상반기와 하반기에 한 번씩 비수기 때 하는 공부를. 보통 5회 강좌를 기획하는데, 한 강사가 5회를 하는 경우도 있고 주제(그림책, 역사, 철학 등)에 맞춰 각각 다른 강사들이 매주 같은 요일 같은 시간에 하기도 한다. 각기 장단점이 있다. 그림책 강의의 경우는 그림책 전문가들이 번갈아와 자기만의 큐레이션으로 책을 소개하면 그 감동은 오래 이어진다. 역사나 철학의 경우에는 대학에서 전공한 분들이 정기 강좌 교재로 선택한 책을 읽으면서 함께 공부하는 시간을 갖는다. 다 듣고 나면 자녀와 책을 읽을 때도 배운 대로 이끌어 갈 수 있고 설명할 수 있어 좋다.

이렇게 차분하지만 알차게 운영되면 비수기라고 인식하지도 못하고 지나가게 된다.

8월과 9월이 지나 단풍이 예쁜 가을철이 시작되면 다시 손님이 뜸하게 된다. 10월이 되면 가을은 독서의 계절이라 하지만 놀러 가기 좋은 계절이라 오히려 사람들 발길이 뜸하다. 이때는 책방 선생님들과 가을에 읽으면 좋은 책들을 선별해서 집중적으로 소개하고 신간 위주로 권하기도 한다. 10월 말부터는 과학(별자리, 행성 등)에 관한 책들을 살펴보고 저자와 함께 정기 강좌도 시작해 본다. 어른들을 위한 강좌이기는 하지만 듣고 나서 가족들에게 설명할 수 있는 내용이면 더 좋다. 강좌가 끝난 후에는 책을 고르는 안목도 생겨 정기 강좌에 대한 평가는 아주 좋은 편이다.

이렇게 비수기를 보내다 보면 어느새 12월이 된다. 감사의 달이며 1년을 마무리하는 달이므로 따뜻하고 의미 있게 마무리되도록 책방 안을 재구성해보기도 한다.

책방마다 1년 정도 운영을 해보면 성수기와 비수기가 파악된다. 시기에 따라 프로그램이나 행사를 미리 준비한다면 그 책방만의 노하우가 되지 않을까 그런 생각이 든다.

견학 프로그램과 국가 지원 프로그램

책방을 운영하다 보면 여러 단체에서 제안이 들어온다. 어린이집, 유치원, 학교, 스터디 모임, 작가협회, 참교육학부모회 등 다양한 단체에서 프로그램이나 행사를 같이 하자고들 한다. 그 중 어떤 단체와 무슨 프로그램을 하면 좋을까? 우리 책방과 잘 어울리고 서로 도움이 될 수 있을지 생각해 바로 보면 바로 답이 나올 때가 있고, 행사나 프로그램을 하고 나서 답이 나올 때도 있다.

곰곰이 책방에서는 어린이집, 유치원, 학교를 연계해서 견학 프로그램을 하는 경우가 있다. 그런데 선생님들이 원하는 시간과 프로그램이 잘 맞기가 쉽지는 않다. 그래도 최선을 다해 시간과 장소를 내준다면 책방으로서는 홍보에도 도움이 되고 아이들에게는 좋은 추억이 될 수 있다.

어린이집에서는 멀리서 차를 타고 오는 경우가 많다. 한 반 나들이로 선생님이 다섯 살, 여섯 살, 일곱 살로 나누어 시간을 정해 아이들을 데리고 온다. 그러면 책방에서는 그 날 연령과 인원수에 맞게 그림책을 선정해서 전시해놓고 책도 읽어주고 노래도 가르쳐주고 프로젝터로 그림책을 보여주는 시간도 갖는다. 그러고 나서 책방에 전시된 책 중 마음에 드는 책을 골라 구입해 간다. 이런 책방 나들이가 아이들에게는 신기하고 유익한 체험이기도 하다.

유치원은 가까운 곳에서 걸어오기에 건널목 건너기, 엘리베이터 타기 등을 책방 선생님들이 도와주기도 한다. 가까운 곳이라 책방으로서는 홍보도 되고 아이들이 엄마랑 재방문하는 경우가 많아 동네책방으로 자리 잡는 데 도움이 된다. 일 년에 한 번 유치원 학부모 강좌에 초빙되어 '우리 아이 그림책 어떻게 고를까'라는 강의를 하러가기도 한다.

학교에서는 선생님들이 독서를 잘하는 아이들과 함께 주말 책방 나들이를 하며 책을 한 권씩 선물해주러 데리고 오는 경우가 있다. 일부러 멀리서 찾아오기도 하고, 가까운 학교에서 도서관 사서 선생님과 함께 오기도 한다.

1년에 한 번씩 교사 연수를 하는 유치원이나 사서 모임도 있다. 유치원 도서관이나 학교도서관에 있는 책들을 활용하지 못해 부끄럽다며 퇴근 후 연수를 받겠다고 신청하는 선생님도 있다. 다들 피곤하기도 하고 귀찮기도 하지만 간식을 들고 책방에 와서 3~5회 그림책 강좌로 교사 연수를 받는다. 이때 그림책에 반하는 선생님들의 눈빛은 잊을 수가 없다.

가끔씩 가까운 학교도서관에서 강의를 요청해 도서관에서 봉사하는 어머님들과 자녀들을 대상으로 특강을 하러 가기도 한다. 평소 책을 좋아하는 사람들이기에 책에 대한 열의는 대단하다. 이외에도 스터디 모임이라든가 책방과 잘 어울리는 프로그램은 장소 대여 겸 함께하는 경우가 있다.

곰곰이 책방에서 가장 많이 열린 외부 프로그램은 부모 교육 프로그램이었다. 부모와 아이가 갈등이 있을 때 많이 듣는다. 봄·가을에 한 번씩 장소를 빌려주기도 했고 이로 인해 책방 홍보도 함께 되었다. 또한 일기 쓰기 스터디 모임이라든가 그림책 모임, 참교육학부모회에서 주최하는 입학 전 학부모 특강이나 신문 수업 강좌는 반응이 좋고 효과도 컸다.

요즘은 한국출판문화산업진흥원과 한국작가회의에서 동네책방과 함께하는 프로젝트도 있다. 덕분에 국가 지원 프로그램으로 다양한 강좌를 개최할 수 있게 되었다.

한국출판문화산업진흥원의 제안으로 지원금이 나와 일 년 동안 작가와의 만남을 4회 정도 진행한 적이 있다. 2014년에 지역서점문화 활동지원사업으로 시설·설비 비용이 나와 숙원 사업이던 의자 40개를 바꿀 수 있었다. 다음 해인 2015년에는 절반 정도의 비용을 지원받았지만 그래도 4회 정도 작가와의 만남 행사를 할 수 있었다.

한국작가회의에서는 작가와 6개월 정도 책방에서 프로그램을 진행할 수 있는 지원 사업이 있다(작가와 함께하는 작은 서점 지원 사업). 작가들에게도 4대 보험과 월급이 나오고, 책방에는 한 달 관리비가 지원되어 알차게 프로그램을 운영할 수 있다. 내용이 좋으면 다음 해에도 지원 받을 수도 있다.

이외에도 동네 도서관과 동네책방이 함께 문화 사업을 진행하는 사례도 있다. 구청에 책방을 문화체육시설로 등록해 놓으면 국가 사업으로 프로그램 진행이 가능한 책방을 찾는 때가 있어 도서관 사서들이 전화로 의뢰하는 경우가 있다. 시기가 잘 맞으면 도서관과 동네책방이 함께 홍보해 작가와의 만남을 진행할 수 있다. 인문학 강좌나 글쓰기 프로그램을 방학 때 진행할 수 있게 지원금이 나오기도 한다. 책방으로서는 주민들에게 홍보도 하고 좋은 프로그램도 진행할 수 있어 좋은 기회라고 할 수 있다.

남 안 하는 것 해보기

책방이라면 책이 우선이어야 하고 책을 중심으로 무언가를 기획해야 한다. 우리는 책이 지닌 깊이와 가치를 책방 회원들과 함께 알아나가는 과정을 보고 싶었다.

그래서 곰곰이 책방에서 처음 한 행사는 일주일에 한 번 여는 회원의 날이었다. 이 날은 어린이와 부모에게 책을 읽어주는 날로, 노래 한 자락도 가르쳐주고 우리 옛이야기와 창작 그림책을 선정해 읽어주었다. 처음 이 행사를 진행했던 이상미 선생님은 지금은 동화 작가로 활동하고 있고, 당시에는 부산 동화읽는어른모임에서 활동했다. 일주일 동안 '아이들에게 어떤 이야기를 들려줄까' 고민하면서 우리 옛이야기와 창작 그림책 중 아이들과 함께 즐길 수 있는 것을 골라 읽어주었다. 책을 잘 아는 선생님이 읽어주어 감동이 오래 갔다. 회원들에게 고맙다는 인사도 들었다. 그 책을 사서 아이들에게 읽어주면 좋아한다고 하는 회원들도 많았다.

강의실이 있으면 행사를 하기에 편하다는 장점이 있다. 당시 어린이 책방들은 사랑방 역할을 해 바닥에 장판을 깔고 신발 벗고 들어가 앉아서 무언가를 하는 분위기였다. 그러나 허리도 아프고 아이들은 누워 있거나 뛰어다녀 행사를 진행하기 힘들었다. 다들 양말을 보여주며 앉아있어 성인 강연회 때는 강사나 듣는 사람들이나 민망할 때도 있었다. 여름엔 맨발로 오는 사람들도 많았다. 정겨운 모습이기는 하나 책방에 드나드는 분들이 신발을 안 벗어도 된다고 하면 더 좋아했다.

책방 운영자들은 화두가 되는 작가를 꼭 모시고 싶은 욕심이 있다. 그리고 나는 그림책이나 동화, 과학, 역사 분야까지 작가 위주로 작품을 보는 것을 좋아한다. 처음에는 그림책 이론서와 〈동화 읽는 어른〉 월간지와 칼럼이나 어린이 신문 스크랩을 꾸준히 하다가 어느 순간 작가별로 책을 보는 습관이 생겼다. 작가 소개나 어린이책 소개 코너를 열심히 스크랩하고 평론도 읽어보고 작가별로 분류해서 한 작가가 쓴 작품들을 쭉 모아놓고 읽기 시작했다. 공부도 되고 작품의 깊이나 특징도 알게 되어 때가 되면 책방에 모시고 싶은 생각이 들었다. 그래서 출판사에 전화해 작가분 연락처를 받아 전화 드리고 모시는 이유도 말씀드리게 된다.

가장 먼저 책방 강연회를 도와준 작가는 서정오 선생님이었는데 우리 책방 취지와도 잘 맞았다. 외국 그림책을 보여주는 엄마들이 많아 우리 옛이야기를 알려주고 싶었다. 서정오 선생님은 아이들에게 알찬 강의도 해주고, 교사·학부모 강의도 시리즈로 자주 해주었다.

이후 이혜리 작가와 권윤덕 작가, 황선미 작가와 이금이 작가는 마음을 울리는 강연회를 해주었고, 휠체어를 타고 온 고정욱 작가는 듬직한 아들과 함께 와서 기억에 남았다. 세밀화의 대가 이태수 작가는 그림을 좋아하는 아이들에게 주변을 돌아보고 자연을 사랑하는 마음이 무엇인지 그림으로 보여주었다.

참 만나 뵙기 힘들었던 《전쟁놀이》의 현길언 작가와 《마사코의 질문》의 손연자 작가의 강연회는 한 번이었지만 오래 기억에 남았다. 두 작품 다 일제강점기를 배경으로 하고 있는데 시점이 확연히 달랐다. 대학 선배이기도 한 《엄마가 어떻게 독서 지도를 할까》의 저자 남미영 박사와 《이가령 선생님의 싱싱 글쓰기》를 쓴 이가령 교수를 모셔 여러 번 독서와 글쓰기에 관한 강의를 들어 행운이었다. 지금은 대가이신 그분들을 초창기 때에 모셔 곰곰이 책방이 자리 잡는 데 도움이 많이 되었다. 큰 강의실은 곰곰이 책방에서 마법의 방이라 불릴 정도로 많은 행사를 치를 수 있어 좋았다.

다음, 남편이 해보고 싶어 했던 것은 체험 학습이었다. 독서를 하다 보면 독서 문화가 가족 문화가 되니 가족이 함께 놀러 가는 것도 좋을 듯해 가족 체험 학습을 기획해서 함께 놀러갔다. 신문쟁이인 남편은 일간지 일곱 종 가운데 지역 신문을 꼭 구독해 보는데, 가보고 싶고 체험해보고 싶은 데가 나오면 직접 답사부터 간다. 여러 모로 그 체험이 가치가 있으면 계약을 하고 온다. 몇 가지 기억에 남는 가족 체험은 어촌 후리그물 당기기, 농촌 벼 베기와 허수아비 만들기, 체육관에서 한 도미노 체험이었다.

체험 학습을 가면 다들 처음에는 낯설어하다가 자기가 잘할 수 있는 것을 찾아 참여하게 된다. 후리그물 당기기를 할 때는 어촌 이장님에게 후리그물을 빌려 가족들과 바다에서 게나 조개, 새우 등을 잡는다. 잡은 해산물을 해감하여 같이 해물탕을 끓여 먹었다. 엄마들은 아이들을 챙기고 아빠들이 요리했다. 정신은 없었지만 의외의 진풍경이었다. 농촌 체험 학습에서도 처음에는 카메라로 아이들 모습만 담던 아버지들이 벼 베기 체험에 열심히 참여했고 시골 학교 운동장에 팀별로 아이들과 앉아 열심히 허수아비를 만들기도 했다.

체육관에서 했던 도미노 만들기 가족 체험에서는 두 가족 당 도면을 한 장 받아 도미노 만들기를 했다. 다 완성하기까지 네 시간 이상 걸렸다. 각 팀마다 실수로 도미노가 무너질 때의 반응은 다양했고 아빠들의 리더십도 달랐다. 좌절하고 포기해 음료수만 사다 주는 아빠가 있었고 다시 시작하며 손놀림 하나까지 체크하며 완성하는 아빠도 있었다.

체험 학습에서 아빠들의 재발견을 하고 나니까 회원들과 더 친숙해졌고 가끔씩 아빠와 아이가 책방에 오면 아빠들과도 이야기를 나누게 되었다. 그때 만났던 가족들을 출퇴근할 때 가끔씩 길에서 마주치거나 음식점에서 우연히 만날 때가 있다. 지금은 아이들이 어른이 되었지만 여전히 반가울 뿐만 아니라 자녀 근황도 묻고 그때 추억을 이야기한다.

아직도 그때 사진을 저장해 놓고 있다며 보여주는 분도 있다. 이제는 훌쩍 커버려 한참을 봐야 알게 되는 청년이 되었지만 추억은 그대로 남아 있을 것이다.

아이들과 해보고 싶은 것

남편은 아이들과 아무런 도구나 장난감이 없어도 잘 노는 사람이고, 나는 동생들이 있어서 그런지 돌봐주는 것을 잘하는 편이다. 어떻게 보면 환상의 조합일 수도 있다. 그런데 가끔은 인기가 많은 남편이 부럽고 몸에 배어 있는 유머 감각이 부러울 때가 있다.

책방에 들어오면 아이들은 복도 끝에 있는 방이 궁금하다. 그 방 이름은 '글자벌레방'이었는데, 남편이 근무도 하고 아이들과 신문도 만드는 곳이다.

꼬마 아이들은 책방에 와서도 뛰어다니는 것이 일이다. 그 방문을 열고 싶은데 왠지 겁이 나기도 하고 궁금하기도 하여 빼꼼히 들여다볼 때가 많다. 그러면 남편은 컴퓨터 앞에서 일하다 말고 글자벌레방 괴물이 되어 아이들에게 이상한 표정을 짓는다. 꼬마 녀석들은 "으악, 괴물이다" 하고 달아난다. 그러면서도 괴물이 궁금해져서 살금살금 걸어가서 다시 확인을 해보고 막 도망을 간다. 남편은 근무하다가 졸지에 책방 괴물 아저씨가 되어 재미있게 놀아준다.

책을 좋아하는 아이들은 이것저것 꺼내보고 엄마와 책을 고르지만 동생들은 뛰어다니기 바빠서 놀이가 필요하다. 한번은 책 박스가 많아 네 살짜리 동생 둘을 박스 안에 넣었더니 큰 아이들이 밀어주며 책방에서 즐겁게 놀고 간 적도 있었다. 책방 구석구석에는 출판사 협찬으로 이것저것 보물들이 많다. 한 번씩 그림엽서 대방출전을 하면 신나게 골라가는 녀석도 있고 엄마들도 좋아한다. 스티커 모음, 스케치북 그림 그리기, 색칠 공부, 퍼즐 등 집중력 떨어지는 아기들에겐 최고의 선물이다.

우리 부부는 아이들과 해보고 싶은 것들이 하나 둘씩 늘어나기 시작했고 책방 회원 가족들과 해보고 싶었다.

한번은 그림책 《아빠랑 함께 피자 놀이를》(윌리엄 스타이그)을 보고 피자 놀이가 아닌 정말 피자를 함께 만들어봐야겠다며 해운대 성신제 피자집에 가서 성신제 대표를 만나 우리가 해보고 싶은 것을 말했다. 흔쾌히 허락을 받아 책방에서는 아빠와 아이들을 대상으로 함께 피자 만들 회원을 모집했다. 순식간에 신청이 마감되었다. 그 날 성신제 피자 가게에서 아빠와 아이들이 밀가루 범벅이 되어 신나게 피자를 만들어 먹고 포장도 해갔다. 가끔씩 들리는 이야기에 의하면 아이들은 곰곰이 책방에서 가장 좋았던 것이 이런 체험이었다고 한다.

남편은 가정에 방문하여 직접 아이들 반응을 보고 싶은 것이 있었다.

바로 크리스마스에 산타클로스 복장을 하고 직접 책 선물을 주러 가는 것이었다. 오래 입을 수 있고 덩치가 있는 사람도 편안하게 입을 수 있는 산타클로스 옷을 여기저기 다니며 겨우 구해왔다. 크리스마스 이브에 책방 근방에 있는 열 가구를 정해 일곱 시에서 아홉 시까지 방문하기로 했다. 신청한 회원들에게 부모가 부탁한 덕담과 상황을 메모해 두었다가 선물을 주고 덕담도 하고 돌아오면 된다고 생각하고 출발했다.

그런데 예상하지 못한 일이 있었다. 산타클로스 복장을 한 채로 잠깐이나마 길을 걸어가고 엘리베이터를 탄다는 사실이었다. 퇴근하면서 주차장까지 걸어가는데도 사람들이 키득키득 웃기 시작했고 나는 차 안에서 구경할 수밖에 없었다. 그런데 산타클로스 복장을 한 남편이 "메리 크리스마스!"를 외치기 시작했고 사람들은 밝게 웃으며 좋아했다. 운전대에 앉아 운전을 하는 산타클로스도 웃기고 내려서 씩씩하게 아파트 입구로 들어가는 산타클로스가 사람들에게 "메리 크리스마스!"를 외치며 함께 엘리베이터를 타는 모습도 웃겼다.

남편 말로는 아이들도 좋아했지만 어른들도 싱글벙글 즐거워했다고 한다. 집에 들어가서는 포장된 책 선물을 주고 쓰다듬어 주면서 준비한 덕담을 하고 함께 사진도 찍었다고 한다. 가끔 짓궂은 친구들은 수염을 만져보고 당겨보려고 해서 곤란하기도 했단다. 그렇게 2년 동안 산타클로스가 되어 선물을 전달하던 일이 지금은 추억이 되어버렸다. 책이 크리스마스 선물이 되기에는 평소 주위에 책이 많았나 보다. 아니면 산타클로스에 대한 환상이 사라져버렸는지도 모르겠다. 아직

산타클로스 옷은 그대로 남아 있으니 언젠가 다시 깜짝 놀랄 정도로 "메리 크리스마스!"를 외치며 곰곰이 책방에 덩치 큰 산타클로스가 나타나지 않을까 기대해본다.

책방을 드나드는 사람들

(7)

우연한 기회에 알게 된 책방

책방은 사람들에게 꼭 필요한 곳일까? 가끔씩 그런 생각을 할 때가 있다. 꼭 필요한 곳은 아니다. 어렸을 때는 동화책이나 참고서를 사러 갔고 대형서점은 지인을 만날 때 들렀을 것이다. 동네책방이 생긴다면 동네 사람들은 어떤 반응을 보일까? 책에 관심 있는 사람은 분명히 한번은 꼭 들를 것이고, 그렇지 않은 사람은 들르지 않을 것이다. 특히 작은 책방들은 개성이 강하게 큐레이션되어 있어 일반인들의 발길이 쉽지는 않을 테다.

곰곰이 책방의 경우에는 3층에 있어서 지나가다가 들를 수도 없다. 일부러 마음먹고 오거나, 책방 옆 동물병원·산부인과 가는 길에 들를 수가 있다. 아니면 엄마들이 아침 운동을 가다가 자녀 독서 상담을 하고 싶어서 들른다. 참고서와 일반 도서를 파는 서점과는 달라 궁금해서 들렀다가 상담을 할 수도 있고 책을 고를 수도 있다. 학부모가 자녀의 독서 습관을 들이기 위해 상담하는 경우가 많다.

우리 책방은 회원제로 운영하다 보니 회원들끼리 서로 아는 경우가 많다. 새 학년 새 학기에는 엄마들끼리 모임이 많고 서로 정보도 교환하게 되는데 그때 책방을 소개 받는 경우가 많다고 한다. 우연한 기회에 아이의 친구 집을 방문해서 책꽂이를 보다가 책 목록이 달라 책 구입 경로를 알게 될 때도 있다. 아이들은 집에 있는 전집이나 학습만화는 잘 안보다가 다른 곳에 가서 재미있는 책이 있으면 보게 된다. 그렇게 해서 책방을 알아나갈 때도 있다. 책방에서 하는 독서 강좌를 듣기위해 오는 경우도 있고, 사촌간이나 엄마들끼리 학교 동창이라 서로 알려주는 경우도 있다.

책방에 들어오면 서가에 꽂힌 책을 보기 전에 책방 설명을 듣게 되고 어떤 책들이 꽂혀 있는지 보게 된다. 그런 다음에 그동안 집에 꽂힌 책들과 어떤 차이가 있는지, 이 책방의 책들이 잘 맞는지도 생각하고 판단하게 된다.

오래 전의 일이지만 책방에 전화 한 통이 온 적이 있다. "거기, 어린이 전문 책방 맞죠?" 전화 내용은 간단했다. 며칠 후에 엄마가 두 아이와 함께 책방을 찾아왔다. 서울에서 이사 온 지 6개월인데 이제야 짐정리도 되고 정착을 하게 되어 책방을 알아보았다고 했다. 서울에서도 어린이 전문 책방을 다녔는데 여기도 있을 것 같아 수소문해 전화했다는 것이었다. 어린이도서연구회가 추천하는 책도 있고 전집이 없는 책방이 익숙해져 있어 곰곰이 책방을 찾아왔단다. 그렇게 인연이 되어 두 아이 다 곰곰이 책방에서 추천한 책과 프로그램에 참여하면서 15년을 넘게 드나들었다.

방학이 되면 사촌을 따라와 방학 독서 강좌만 듣는 아이도 있었다. 미국에서 방학이 되면 외가에 와서 한글 공부를 하고 친척들과 2개월 정도 여행도 다니고 책도 읽는 아이였다. 엄마도 책방에 와서 열심히 책을 보는데 60년 된 시카고 한글 학교 선생님이라고 했다. 한국어를 잊지 않고 계속 알아나갔으면 하는 마음으로 책을 고르는 분이었다. 다시 시카고로 갈 때는 아이들을 위해 책을 40~50권 정도 짊어지고 갔다. 한글 학교 아이들이 행복해 할 모습을 상상해 보면 책을 더 신중하게 골랐다. 그 엄마와 아이는 우연히 친척을 따라왔다가 이제는 방학이 되면 꼭 오는 책방이 되었다.

이외에도 다양한 이유로 곰곰이 책방을 들르는데 그 이유의 중심에는 언제나 책이 있었다. 대형서점이나 인터넷 서점과는 달리 동네책방은 운영자와 대화도 할 수 있고 책 추천과 활용하는 방법까지 설명이 가능하다.

강연회와 행사에 참여하는 사람들

동네책방의 매력을 꼽는다면 중대형서점과는 달리 공간이 좁더라도 참여자와 함께하는 행사를 할 수 있다는 것이다. 책에 대한 열정과 공간을 활용하려는 운영자의 마음이 합쳐져 행사를 기획한다.

특히 작가와의 만남은 작가의 작품을 충분히 이해하고 오는 독자들과 작가를 맞이하는 기간을 갖는 것이 좋다. 모든 책방이 다 회원제로 운영하는 것은 아니다. 그래서 그런지 행사를 기획할 때 다들 모객이 힘들다고 한다.

곰곰이 책방은 국내 처음으로 강의실이 있는 책방을 꿈꿨다. 그래서 그에 맞게 인테리어를 했고 유료 회원제로 운영해 행사를 기획할 때 회원들에게 우선권이 가도록 했다. 늘 곰곰이 책방이 잘 유지되게 먼저 홍보도 해주고 주위에 소개해주는 회원 분들이 있어 마음 놓고 강연회나 행사를 기획할 수 있었다.

곰곰이 책방을 처음 연 해에 6개월 운영한 후 가까이 있는 작가부터 섭외를 해보았다. 그림책이 많은 책방이라 작가들이 추천하는 그림책 작가분을 모셔 작품이 나오게 된 배경과 작품 설명을 들었고, 아이들에게 팬사인회 하는 형식으로 첫 행사를 성황리에 마쳤다.

하지만 작가의 강의 내용이 아이들의 눈높이에는 어려웠고 작가와 함께 무언가를 하는 활동이 없어 아쉬움이 있었다. 작가 강연회는 그냥 작가만 초대해서 만드는 자리가 아니라, 어떤 연령층이 와야 하는지 어떤 작품으로 어떻게 만날 것인지 상의하고 준비해야 한다는 것을 알게 되었다.

사진이나 사인회도 중요하지만 작가와의 만남이 끝나면 그 자리에 왔던 분들에게 모니터 받는 것을 게을리 하지 않아야 한다. 또한 다음에는 어떤 작가를 모시는 것이 좋을지도 물어보는 것이 좋다.

곰곰이 책방 강연회는 유아나 저학년, 중학년이나 고학년, 어른들 이렇게 세 연령층으로 나누어 작가와 상의해서 시간 안배도 하게 되었다. 모집을 할 때도 대상 연령을 확실하게 제시해 행사의 질을 높여 만족도를 높였다.

작가 사인회에서 유의할 점은 작가의 책에 사인을 받아야 한다는 것이다. 간혹 엽서나 포스터에 사인을 요구하는 사람들도 있는데 작가 강연회에서는 그 작가의 최근 책으로 사인을 받는 게 예의라고 말씀드리고 종이 사인은 정중히 거절한다. 아이들은 상처를 입을 수 있기에 부모님께 전화를 걸어 책값은 나중에 받기로 하고 새 책으로 사인을 받게 한다.

회원들이 제안해서 책방 행사를 열기도 한다. 몇 년간 진행했던 5월 소풍도 그렇게 해서 가게 되었다. 자주 오는 회원이 곰곰이 회원들끼리 소풍을 가면 좋겠다고 했다. 그래서 회원 가족들 중 함께 갈 수 있는 열 가족만 신청을 받아 천연염색 하는 곳으로 체험을 갔다. 옆에는 도자기를 만드는 장인이 있었다. 우리는 그곳에 가서 자연물로 염색하는 체험을 신나게 해보고 염색물이 마르는 동안 가까운 사슴농장에 가서 먹이도 주고 돌아오곤 했다. 황토로 만든 티셔츠를 입고 올 때도 있고 쪽물로 염색한 티셔츠를 입고 올 때도 있었다. 해마다 5월이 되면 회원 가족들과 그곳을 다녀오곤 했다.

아이들만 데리고 숲 자연학교에 가면 좋겠다고 제안해 울산 숲 자연학교에 간 적도 있다. 폐교가 된 곳을 숲 자연학교로 만들어 운영하고 있었다. 다슬기도 잡고 장작 만들기, 화전 굽기, 숲 놀이 등 자연에서 놀다 보면 어느새 하루가 금방 지나갔다. 그곳 선생님들과도 정이 들었다. 한 선생님이 다른 숲을 가꿔 숲 속 학교를 만들어 초대하기도 했는데 나무 밑에 앉아 새 소리도 듣고 그네도 타면서 온몸으로 숲을 느끼고 왔다. 이 체험을 바탕으로 창비에서 《숲자연학교에 가자!》(이미지)라는 동화가 출간되었다.

그 밖에 10년 가까이 역사문화재 탐방을 다녔다. 아이들이 가장 원하는 선생님과 다니면서 문화재에 대한 이야기도 듣고 보존 방법도 알게 되었다. 또한 전통 음식과 전통 놀이에 관해서도 알게 되었다. 이 행사들은 책만큼이나 책방에 오는 아이들의 추억 속에 자리 잡았다고 한다.

바깥 체험 행사 못지않게 책방 안에서도 책과 함께하는 새 학년 학급문고 행사와 학부모 강좌를 매년 2~3월에 꾸준히 열었다. 행사를 하기 전에 일정을 곰곰이 신문과 입구 게시판에 공지하고 SNS로 알려 회원들에게 안내하고 예약제로 했다. 행사 모객의 기본은 예약제다. 예약했는데 사정이 생겨서 못 오게 되면 책방으로 연락을 해 다른 사람에게 올 수 있는 기회를 주도록 한다.

책방 운영자는 평소 책방을 오가는 회원들의 마음을 잘 읽어내어 함께 무언가를 만들어가는 섬세함이 있어야 한다. 그러고 나서 강연회나 행사 날짜가 결정되면 그날까지 최선을 다해 챙겨야 한다. 행사에 참여하는 사람이 만족도가 높아야 다음 행사도 기획할 수 있다.

책방의 복병들

책방을 운영하다 보면 수시로 '복병'이 나타난다. 여기서 복병이란 책방 운영에 도움이 되지 않고 방해만 되는 사람을 말한다. 여러 유형이 있는데 본인들은 복병이라고 생각하지 않는다는 게 더 큰 문제다.

책방을 처음 연다고 했을 때 내 강의를 듣는 수강생 중 한 분이 언니와 함께 책방을 운영했던 적이 있어 나한테 많은 조언을 해주었다. 다른 사람들이 보기에 책방 운영자는 좋아하는 책이나 보고 그림 같이 앉아 있다가 손님이 오면 함께 책 이야기나 하다가 계산만 하면 되는 그런 이미지로 남아 있다고 했다. 하지만 책방 운영자는 그리 낭만적인 직업은 못된다고 했다. 책방 직원이면 근무 시간에만 일하면 되지만 책방 운영자는 쉬는 날에도 꾸준히 목록 작업과 청소를 해야 한다는 것이다. 부지런히 움직이는 것에 비하면 많이 힘든 직업이란 뜻이었다.

그리고 의외로 책을 분실하는 경우가 많다고 했다. 구석에서 책 보는 척하다가 쓱 가지고 나가는 경우가 허다하기에 중간 책장이 높지 않아야 하고 구석진 곳이 없는 게 좋다고 했다. 그 수강생의 충고 덕에 내가 차린 책방은 입구나 카운터에서 매장이 한눈에 다 보이고 구석진 곳이 없는 편이다. 그래도 책방 행사 때는 책 손실이 있을 것이고 CCTV로 본다 한들 언제 어떻게 가려낼 것인지도 의문이다. 책 보는 척하다 책을 훔쳐가는 사람들, 책방 운영을 방해하는 첫 복병이다.

사람들은 책방을 열면 책을 좋아하는 이들이 올 것이니 평화롭고 지적인 풍경을 머릿속에 그릴 것이다. 하지만 의외로 정보만 빼내러 오는 분들이 있다. 방법도 다양하다. 특히 추천도서 목록에 목숨을 거는 분들이 많다. 목록들을 보여 달라고도 하고 도서관이나 학급문고에 넣을 책이니 권수를 정해 주면서 작업해 달라고도 한다. 이때 순진하게 목록만 작업해서 먼저 보내는 일은 절대 하면 안 된다.

정식 납품 계약을 하고 10퍼센트 계약금 입금 후에 목록 작업을 해야 한다. 급하다고 해서 목록만 보냈다가는 납품도 못하고 다른 곳에 주문하는 것을 보게 된다. 이러한 일들은 개개인한테도 일어난다. 목록 좀 달라는 회원들이 수시로 있어서 추천해 주면 그 목록만 가져가거나 책을 추천해 주면 사진을 찍어서 그냥 나가는 경우도 허다하다.

처음 책방을 열었을 때는 이렇게 좋은 책들을 정성껏 분류해서 꽂아 놓으면 손님이 많이 올 거라고 생각했다. 그러나 뜻하지 않게 내 강좌 수강생 한 분이 찾아왔다. 그리고 나한테 명함을 한 장 내밀었다. ○

○○랜드 지부장 명함이었다. ○○○랜드는 곰곰이 서점이 처음 생긴 2000년 2월 그때 함께 오픈한 대여업체 브랜드였다. 매달 만 원만 내면 어린이도서연구회에서 추천하는 주옥같은 책들을 열여섯 권이나 빌려주었다. 이 브랜드가 전국적으로 인기를 끌면서 유사 대여 프로그램도 마구 생겨나기 시작했다. 지부장 명함을 내민 분은 내가 여성인력개발센터에서 독서지도사 강의를 했을 때 열심히 수업을 들은 사람이었다. 책이 너무 좋아 대여 프로그램 지부장이 되었다고 했다. 그분은 곰곰이 책방에서 책을 사갈 수 있는 회원들에게 책을 사지 말고 대여하면 더 좋지 않느냐고 설득하면서 다니고 있었다. 책방을 열자마자 최대의 복병을 만나니 아는 안면에 말 못하고 끙끙 앓았던 기억이 난다.

그렇게 6개월이 지나자 이번에는 100미터 앞에 ○○루소라는 어린이 전문 서점이 생겨 똑같은 책을 공동구매해 30퍼센트 할인을 시작했다. 체인점에서 주는 무료 굿즈가 많아 곰곰이 책방 회원들까지 이곳에 가입해서 우리에게는 책 추천만 받고 구입은 ○○루소 서점에서 했다. 결국 그 서점은 운영이 힘들어 문을 닫았지만 그때도 마음고생이 참 심했다.

예전에는 책방에서 회원 아이들에게 무료로 책을 읽어주는 '회원의 날'이 매주 있었다. 이날은 많은 아이들과 학부모가 오는 날이라 정신이 없다. 행사가 끝나면 순식간에 썰물 빠져 나가듯 횡하니 다들 떠나는데 일곱 살짜리 남자아이가 매주 혼자 남아 책꽂이의 책들을 꺼내 엉망으로 만들어 놓고 있었다. 책꽂이에 있는 책들을 꺼내는 놀이를 하는데, 엄마가 올 때까지 지루함을 푸는 것 같았다. 엄마한테 전화하면 금방 온다고 하는데, 그 금방은 거의 한 시간 후였다. 미안해서 책한 권을 겨우 사는 것은 우리에게 중요하지 않았다. 매주 회원의 날마다 일곱 살 개구쟁이를 돌보기는 힘들었다.

나중에 밝혀진 놀라운 사실은 그 아이의 엄마는 ○○동에서 이 아이를 데려와 우리 책방에 맡겨놓고 본인은 영어 수업을 하러 가는 것이었다. 그 수업이 끝날 때까지 거의 두 시간 가까이 우리는 그 아이를 돌봐야 했던 것이다. 우리가 회원들에게 책에 대한 애정을 갖도록 행사를 하면서 읽어주는 시간에 엄마들은 우리에게 아이를 방치해 두고 영어 수업을 하고 다녔던 것이다. 회원에게 이 정도 서비스는 해야 하고 책 한 권이라도 사면 되지 않느냐는 것이었다. (사실은 한 권도 사지 않았다.)

아이를 맡겨놓지 않아도 우리를 힘들게 하는 엄마도 있었다. 교육열이 대단해 자녀와 관계 있는 강의라면 해운대뿐만 아니라 부산의 모든 책방을 다니는 분이었다. 강의가 끝나면 상담과 자기 자식 자랑을 한 시간가량 들어줘야 했다.

어떤 엄마는 자기 아이가 참여할 수 있는 모든 강좌에 등록하고 그 강좌에 대한 상담과 설명까지도 꼼꼼하게 듣고 가서는 강좌 전날 취소하는 것을 밥 먹듯이 했다. 미안한 기색도 없고 당연히 손님은 왕이니까 그럴 수도 있다는 표정으로 갔다가, 또다시 강의가 있으면 도돌이표처럼 신청했다가 취소하는 과정을 반복했다.

어떤 엄마는 아침에 산책하듯이 책방에 들어와 탐이 나는 책이 있는 곳에서 서 있다가 책방지기에게 책 소개를 요청한다. 자기 아이에게 유익한 책들을 설명하게 한 다음 한 시간가량 있다가 책 한 권도 구입하지 않고 나간다. 이틀에 한 번씩 찾아와 오전 근무를 못하게 하는 경우가 많았다. 결국 그 분에게 우리 입장을 이야기하고 다음부터는 책을 구입할 때 설명을 요청해 달라고 했다. 번번이 와서 설명을 하라는 것은 참 곤혹스러운 일이었다. 백화점 아이쇼핑도 이런 식으로는 하지 않을 것 같았다.

비슷한 유형이 또 있다. 아이가 5학년인데 책을 잘 안 읽어 독서 강좌를 신청해 듣는 동안, 엄마는 기다리며 아이가 읽을 만한 책을 골라 달라고 했다. 기쁜 마음으로 골라주었다. 그런데 추천할 때마다 "이 책은 5학년 교과서에 들어가나요?"를 계속 물어보고, 교과 원작 도서를 추천해드리면 "이런 책은 우리 애가 싫어할 거예요. 다른 책을 권해보세요"라고 한다. 그래도 최선을 다해 설명해 드리면 "다음에 와서 아이랑 살게요"라고 한 다음 아무 책장이나 빈 곳에 책을 왕창 꽂아 놓고 나가버린다. 한두 번쯤은 그럴 수도 있다고 생각하는데 일주일에 한 번씩 와서 책방 선생님들을 붙잡고 시간을 보내려고 한다. 우리는 이제 이 엄마 같은 유형은 다른 곳에 가서도 이렇게 할 거라고 생각하고 이해하기로 했다. 다들 외롭거나 이야기 나눌 사람이 없어 이런 행동을 하지 않을까 그런 생각이 들었다.

이외에도 책방이 카페라고 생각하고 커피와 빵을 가져오는 사람들도 있었다. 한참을 먹으며 책을 봐 표지를 끈적끈적하게 만들어 놓기도 한다. 또 주말에는 아이를 데려와서 SNS에 올릴 거라고 인형, 액자 앞에서 다양한 포즈로 사진만 찍고 나가는 엄마도 있었다.

한편 특강이 끝나면 강사인 나에게 책을 추천해달라고 하고 바로 그 자리에서 추천한 책들의 표지를 사진으로 찍어대는 엄마들도 있었다. 처음에는 당황스럽기도 하고 속으로는 화도 났지만 '모르는 건 죄가 아니다'라고 되새기며 책방 입구에 "음식물 반입 금지"와 "서가와 책 사진 촬영 금지"를 써놓고 지켜 달라고 했다. 무심코 엄마들이 커피를 들고 책방 안으로 들어가려고 하면 아이들이 "엄마 여기 음식물 못 들고 들어가요. 여기서 먹고 들어가요"라고 하며 입구 소파에 앉아 먹자고 한다. 이래서 아이들은 어른들보다 예쁠 수밖에 없다.

책에 대한 생각이나 책방을 대하는 마음과 자세가 사람마다 다르겠으나, 그래도 다른 장소도 많은데 책방에 들른다는 것은 책에 대해 호의적이라는 것이다. 그렇게 생각하고 "몰라서 그러는 거니까 가르쳐드리면 낫지 않을까요?" 하고 책방지기들은 말한다.

공동체 의식이 하루아침에 길러지는 것이 아니라 하나하나 실천하면서 배우는 것이라는 생각이 든다. 그래서 처음에는 복병이었지만 나중에는 가장 우호적인 지인으로 바뀌게 되는 경우도 많다. 대화가 부족했고 행동과 말투 때문에 오해를 살 때도 있었던 것 같다. 사람은 오래 두고 봐야 한다는 말이 생각나기도 한다.

하얀 스펀지 같은 아이들

아이들은 하얀 스펀지 같다. 무언가를 그대로 빨아들이기도 하고 바짝 말라버리기도 한다. 아이들은 그렇게 때 묻지 않고 순수한 존재이고 자기 마음을 숨긴다고 해도 얼굴이나 행동에서 금방 표가 난다. 책방을 하면서 이런 아이들을 오랜 기간 만난다는 것이 우리에게 행운이기도 하다. 책을 매개로 만나 아이들의 이야기도 들어주고 내가 이야기를 들려주기도 하면서 시간은 흘러간다.

아이들이 곰곰이 책방에 오는 이유는 다양하다. 엄마 따라 책을 사러 오는 아이, 매달 책을 찾으러 오는 아이, 작가와의 만남에 참가하려고 오는 아이, 방학 때 특강을 들으러 오는 아이, 자연 체험이나 역사 체험에 참가하는 아이, 기자 활동을 하고 싶은 아이, 정기 독서 강좌를 들으러 오는 아이 등 곰곰이 책방 공간에 여러 이유로 방문하게 된다. 그래서 곰곰이 책방에 대한 생각들도 다양하고, 책방에서 겪은 여러 일 가운데 가장 좋았던 것을 자기네들끼리 이야기하기도 한다.

엄마 따라 왔다가 나랑 눈이 마주친 아이가 있었다. 얼굴에 반점을 몰라보고 상처 난 줄 알고 물어봤다가 아이에게 밉보인 적이 있다. 다음에 만났을 때 그 아이는 나를 보자마자 "방구 똥꼬"라고 놀렸다. 엄마는 아이를 야단쳤지만, 나는 그 아이의 마음을 알 것 같아 "야단치지 마세요. 제가 마음에 안 드는 점이 있나 봐요."라고 한 적이 있다. 아무리 어린아이라도 마음에 담아 두었다가 우연히 만나면 생각나는 일들이 있다는 것을 그때 알았고, 다음에는 더 말조심을 해야겠다는 생각이 들었다.

작가와의 만남에는 아이들이 부산 전 지역에서 신청을 하여 보고 싶은 작가를 만나러 온다. 작가의 작품도 읽고 질문도 준비해서 참여하는데 간혹 질문도 독점, 나와서 발표도 독점하려는 친구들이 있다. 그런 경우 작가님이 골고루 아이들을 시킨다. 그런데 성격이 급한 한 아이가 본인이 발표를 많이 했는데도 "아이고, 오늘은 내가 망했네. 나는 안 시켜주고" 하면서 통곡하는 척하고 있었다. 선생님들이 달래고 작가도 달래어 책 사인도 받고 보냈다. 그 녀석이 다음에 또 오면 뭐라고 할지 궁금하고 얼마나 컸을지도 궁금할 때가 있다.

아이들은 떼를 쓰든 장난을 치든 아이들 같아서 더 예쁘다. 물론 그 상황이 돌아오면 다시 힘들어지고 달래기도 어렵겠지만, 누군가의 관심을 받고 싶어 욕심을 부리는 모습이 아이다워 보였다. 그래서 작가와의 만남에 신청을 하지 않으면 엄마한테 전화를 해서 데리고 오라고도 한다. 올 때마다 아이는 조금씩 남의 말도 들을 줄 알고 양보할 줄도 알게 된다.

곰곰이는 독서 강좌가 많은 책방이다. 어릴 때부터 그림책도 보고 이야기도 나누고 그 내용을 바탕으로 그림도 그려보다가 자기 생각을 쓰는 것을 자연스럽게 받아들이는 시간들을 보낸다. 이렇게 아이들이 자라는 것을 오랫동안 볼 수 있어 좋다.

강좌가 끝나면 보드판에 선생님 얼굴을 그리고 별명을 써놓고 도망가는 아이들이 있는가 하면, 스승의 날 자신들이 가장 좋아하는 불량식품을 사가지고 드시라고 내미는 아이들도 있다. 어떤 아이는 한 달 강좌를 듣고 너무 재미있어 고맙다고 원두커피 병에다 편지를 써서 드시라고 사가지고 와서 감동을 주기도 했다.

매일 왔으면 좋겠다고 떼쓰는 아이도 있고, 엄마가 책을 안 사줘서 강좌 전 미리 와서 재미있게 책을 읽는 아이들도 있다. 일주일에 한 번 만나게 되는 친구를 보고 싶어서 미리 와서 이야기를 나누는 아이들, 체험 학습 다니다가 정이 들어 강좌도 들으러 오는 아이들 모두 다양한 이유로 곰곰이 책방에 모여 시간을 보내고 있다.

그렇게 책과 친구들과 어울리면서 마음도 몸도 건강한 어른으로 자라길 바라며 아이들을 바라본다. 사람에 대한 두려움을 없애고 책과 친해지고 세상을 조금씩 알아가면서, 단지 직업을 찾는 게 아니라 어떻게 살고 싶다는 자신의 철학을 지닌 청소년이 되고 어른이 되길 바랄 뿐이다.

내가 좋아하는 시 구절이 있다. 도종환 시인의 〈흔들리지 않고 피는 꽃이 어디 있으랴〉라는 시다. "흔들리지 않고 피는 꽃이 어디 있으랴 / 이 세상 그 어떤 아름다운 꽃들도 / 다 흔들리면서 피었나니"라는 시작 부분이 마음에 든다. 아이들이 한결 같다면 그 아이는 로봇이나 다름이 없을 테다. 부모와 친구와 갈등도 하고 잘 지내면서 큰다면 아이들은 흔들리며 자라는 꽃과 다름이 없다는 생각이 들었다. 바람에 흔들리더라도 뿌리는 튼튼해 건강하게 잘 자라는 야생화처럼 곰곰이 책방 친구들이 몸도 마음도 다 건강했으면 좋겠다.

힘이 되는 부모들

책방을 처음 차릴 때는 책방지기와 주위 분들의 추천으로 서가의 책들을 갖추었다. 그러다가 책방에 사람들이 한 명 두 명 드나들면서 다양한 책을 찾았는데, 그 책들이 궁금해질 때가 있다. 찾는 책이 서가에 있다면 다행인데 그렇지 못하면 헛걸음한 것이 미안하다. 그러면서도 우리 책방에 없는 책은 과연 어떤 책인지 찾아보게 된다. 그리고 나름 괜찮을 것 같으면 슬그머니 그 책을 주문해서 들여놓는다.

우리 책방은 회원제로 운영하다 보니 회원들을 다시 만날 수 있는 장점이 있다. 물론 회원이 아닌 분들도 마음껏 들어올 수 있다. 들어와서 책도 보고 궁금한 것도 물어보면서 책방지기와 친해진다. 꼭 우리 책방이 아니더라도 도서관이나 대형서점에도 익숙한 분들이 많다. 그래서 책을 고르는 범위가 넓고, 때로 우리에게 설명을 해주기도 한다.

예를 들면, 그림책 신간이 나왔는데 창의적인 기법으로 독특한 그림을 그렸다면 그림을 전공한 회원 엄마가 설명을 해준다. 색 배합이 남다르든지, 콜라주 기법이나 목판화 기법, 수묵화 기법까지 어떻게 그림을 완성했는지도 설명해줄 때가 있다. 그렇게 설명을 듣고 나면 이야기 위주로 그림책을 보던 것과는 다른 느낌이다. 게다가 다른 회원들에게 그림책을 소개할 때 도움이 되고 다른 그림책을 볼 때도 도움이 된다.

어떤 회원은 아이들하고 놀러가기 좋은 곳을 발견했다며 함께 가고 싶은 사람들이 있으면 모집해달라고 했다. 그래서 곰곰이 책방 회원들과 첫 나들이를 김해에 있는 천연염색 하는 곳으로 가게 되었다. 산 아래 조그만 저수지도 있어 첫 나들이치고 너무나 좋았다.

그 뒤에도 회원들이 추천하는 울산에 있는 숲 자연학교에도 가서 숲 체험도 하고 다슬기 잡기도 했다. 그곳에서 화전도 굽고 두부도 만들고 나뭇잎으로 왕관도 만들며 원 없이 놀고 왔다. 그러면서 곰곰이 체험이 생겨 친구와 함께 나들이 가기도 하고 가끔씩 부모와 함께 가기도 했다. 봄에는 딸기 농장에 가고 가을에는 과수원에 가서 사과도 따고 땅콩도 끌어올려 보기도 했다.

한번은 녹색연합에서 우리 아이들과 농촌 체험을 하자고 해서 김해 평야 한가운데에서 하루 종일 볏짚단으로 실컷 놀다 온 적이 있다. 나도 태어나서 논바닥에 발을 디딘 것이 처음이어서 감회가 깊었다. 그런데 새로 산 운동화에 흙 묻는다고 걱정하는 아이들도 있었다. 엄마한테 혼난다며. 하지만 반전이 있었다. 아이들은 편을 나누어 볏짚단을 가져다가 멋지게 자기만의 집과 방을 만들고 군사 기지를 만들기도 했다. 운동화에 진흙 묻는 것을 걱정하던 아이들이 볏짚단을 마구 나르며 신나게 놀았다. 아직도 그 모습이 눈에 선하다.

회원들은 우리 부부에게 끊임없이 이런저런 제안을 해주었다. 우리 부부는 회원들과 함께 기획하고 그 시간들을 즐기며 바깥 놀이를 다녔던 것이다. 남편과 미리 답사를 갔다 오는 것도 좋았고, 아이들이 그 날을 기다리는 것도 좋았다. 학부모들과 우리 부부가 함께 아이들 눈높이에 맞춰 놀러 다녔다고 할 수 있다.

매월 10일이 되면 곰곰이 신문이 나오는데 신문을 1500부 정도 접어서 회원들에게 보내주는 일은 우리 부부에게 큰일이었다. 하지만 네다섯 명이 옹기종기 모여서 음악을 틀어놓고 책 이야기도 나누면서 신문을 접고 나면, 점심시간이 되어 맛있는 식사 한 그릇 후딱 먹어치운다. 그런 다음 우편번호를 분류하여 정기간행물로 부치기 좋게 박스에 정리하고 우체국에 가서 정기간행물로 보낸다. 15년 가까이 이 일을 하면서 도와주신 학부모들이 지금도 기억에 남는다. 그 분들이 책방 이전할 때 오셔서 창문틀까지 꼼꼼히 청소해주시고 우리 힘들까봐 달달한 양갱부터 쿠키와 커피까지 사주었다. 생일에는 내가 좋아하는 고구마 케이크를 사가지고 달려오기도 했다.

주민자치센터에 가서 꽃꽂이 강습을 받고 자기 집에 꽃꽂이를 해놓는 것보다 책방에 꽃꽂이를 하면 더 많은 사람들이 보지 않겠냐면서 매주 오셔서 꽃을 꽂아놓고 가는 학부모도 있었다. 곰곰이 책방을 모르는 분들을 데리고 오려고 강의실 대여 제안도 해주고, 무료 특강 때는 처음 오는 분과 손잡고 함께 들어오는 모습은 우리 책방 식구들에게 큰 힘이 되었다. 인터넷과 홈쇼핑으로 책을 싸게 살 수는 있지만 곰곰이 책방이 오래 있어야 이 공간에 계속 올 수 있지 않느냐면서 책방에서만 책을 주문하는 분도 있었다.

우리도 열심히 하지만 곰곰이 책방 회원의 부모들이 있기에 어려울 때는 부탁도 하고 책 정보도 서로 나눈다. 함께 나누며 갈 수 있다는 것이 얼마나 아름다운지 책방지기를 하면서 알게 되었다.

출판사와 작가, 유통과 책방

$$8$$

출판사 색깔을 찾고 작가를 움직여라

책방을 열기 전에는 독자로서 출판사를 알고 있었지만 책방을 열고부터는 출판사와 작가에 대해 좀 더 객관적인 시각이 필요했다. 그리고 내가 좋아하는 책들도 소개하지만, 다른 장르와 작가·출판사에 대한 정보도 알고 독서도 꾸준히 이어져야 했다. 구간과 신간이 어우러져 있는 책방에서 운영자는 서가를 어떻게 채울 것인지 고민하게 된다.

가장 먼저 해야 할 일은 출판사의 색깔을 알아내는 것이다. 출판사의 홈페이지나 사이트가 없더라도 인터넷 서점에서 출판사명으로 검색하면 그 출판사 책들이 나온다. 출판사가 추구하는 방향과 주제, 자주 계약하는 작가 등을 파악해본다. 종수가 많은 대형 출판사도 있겠지만 1인에서 3인 출판사인 경우는 어떻게 출판사를 차리게 되었고 발행인의 전 경력이 어떤지 살펴보면 출판 경향이 보인다. 서울국제 도서전이나 지방에서 열리는 북 페스티벌에도 참가하다 보면 자연스럽게 윤곽이 드러난다. 그런 다음 출간되는 책들을 분석해 보면 그 출판사가 선호하는 작가나 주제를 알 수 있다.

신간 책을 주문하고 싶은데 실물을 보지 못해 선뜻 결정하지 못할 때는 출판사 홍보팀에 전화해서 신간을 좀 보내줄 수 있는지 타진해 본다. 그렇지 못하면 일주일에 한 번 가까운 중대형서점을 찾아가 신간 코너를 점검하는 것도 좋다. 꼭 신간이 아니더라도 놓치고 있는 출판사 책이 있는지 함께 점검해보자. 그러면 의외로 좋은 책들을 발견하는 수가 있다. 책방 운영자가 부지런하지 않으면 독자들이 책방을 방문했을 때 새로 볼 책이 없어 더는 방문을 하지 않는 경우가 생긴다.

대형출판사에서 편집자나 영업자로 근무했다가 퇴직하고 출판사를 차리는 경우가 많다. 아니면 오랫동안 작가로 있다가 직접 책을 출간하고 싶어 출판사를 차린 분들도 있다. 출판사는 계속 생겨나고 좋은 책들을 기획해 꾸준히 내고 있어 책방 운영자들이 그 과정을 알게 되면 책 선정하는 데 도움이 된다.

조금 더 출판사에 대해 알고 싶으면 출판사 홈페이지나 카페, 페이스북, 인스타그램을 보는 것도 좋다. 신간 정보나 사정이 있어 절판되는 책이 있으면 부지런히 체크해 놓았다가 주문할 때 참고하면 된다. 출판사에 꾸준히 자기 의견을 글로 남기면 좀 더 많은 홍보물을 받을 수도 있다.

우리 부부는 2015년 볼로냐 국제아동도서전에 갔을 때 출판사 대표들을 한꺼번에 만나는 기회가 생겨 인맥이 생겼다. 귀국해서도 그림책 협회 세미나나 전국 대도시에서 하는 독서대전이나 북 페스티벌에 시간이 나는 대로 가서 출판사 부스를 부지런히 다녔다. 출판사 발행 목록과 기증 책을 분석해서 책도 주문하고 모니터 활동도 했다.

그러다 보니 얼마나 많은 작가들과 편집자들이 자기만의 고집을 가지고 책을 만들었는지 알 수 있었다. 출판사 관계자들은 고맙게도 그런 내 마음을 알았는지 곰곰이 책방에 출판사 보도자료와 손 편지를 담은 신간들을 보내주었다. 매달 신간 코너에 책들을 어떻게 분류하고 소개할지 고민하게 된다. 일단 우리 책방 블로그에 신간 자료를 소개하고, 신문에는 다 실어주는 것은 아니지만 몇 개월에 거쳐 천천히 적당한 난을 찾아서 소개한다.

출판사와 관계가 원활해지면 작가와의 만남이나 출판기념회를 할 수 있는 기회가 생긴다. 많은 책방들이 작가와의 만남을 하고 싶지만 강사료와 운영 자금이 여의치 않아 자주 하기는 어려울 것이다. 작가들은 독자들이 자신의 책을 어떻게 보는지 궁금해 한다. 현장에서 직접 독자들을 만나 자기 작품에 대해 이야기하고 독자가 궁금해 하는 것도 답변해주고 하다 보면 작가에게는 큰 힘이 된다고 한다. 창작의 고통과 희열을 안고 사는 작가에게 독자들이 주는 힘이 창작하는 데 도움이 많이 된다. 책방에서 작가와의 만남 때 참가하는 이가 많으면 책방에도 도움이 되고 작가에게도 힘이 된다.

꼭 인지도 있는 작가만 바랄 필요는 없다. 초창기에는 인지도 있는 작가가 오면 책방 홍보와 운영에 도움이 될 테다. 그렇지만 책방 운영자가 오는 분들에게 취지와 의미를 잘 설명한다면 지역 작가도 괜찮고 작품 세계가 독특하고 유망한 신인 작가도 좋다.

또 출판사에서 작가와의 만남이나 출판기념회를 하고 싶다고 하면 서로 협력하는 범위 내에서 행사를 진행하는 것도 좋다. 그림책 작가라면 원화 전시회도 일정 기간 동안 함께하고 싶을 것이다. 공간이 협소하더라도 하는 것이 좋고 프린팅 전시회도 책 홍보에 도움이 된다. 곰곰이 책방에서도 책방 안쪽에 전시 코너가 있고 강의실 겸 행사를 할 수 있는 공간이 있어 전시와 강연을 꾸준히 기획해서 하고 있다.

언젠가 일본 도쿄에 갔을 때 인상적인 책방을 본 적이 있다. 책방 서가와 입구 사이에 상설 전시장이 있어서 드나드는 분들이 전시를 볼 수 있었다. 입구에 있는 상설 전시 코너는 늘 열려 있어 사랑을 많이 받고 있었다. (전시와 관련된 굿즈들도 반응이 좋았다.)

책방 운영자는 출판사가 추구하는 방향을 파악하며 작가들의 출판 동향과 작품 경향도 변화가 있는지 부지런히 살펴봐야 한다. 그래야 출판사와 작가들도 고급 독자인 책방지기 덕에 열심히 책을 만들고 독자들도 책방에서 얻어 가는 것이 있을 것이다.

건강한 유통과 직거래의 장단점

다음으로는 유통에 관한 것인데, 책방 운영자들은 대체로 숫자에 약하고 글자에 강해서 유통 때문에 고생을 많이 한다. 처음에는 책이 좋아서 책방을 열고 싶어 했지만 어느 유통업체와 계약해야 하는지도 몰라 주변에서 소개하는 곳과 계약한다.

곰곰이 책방 같은 경우도 어린이 전문 책방들이 가장 많이 계약하는 S유통과 계약하고 주문하는 법을 배워 운영하게 되었다. 그 유통업체의 장점은 대형 어린이책 출판사 네 곳이 최대 주주여서 다른 곳보다 공급률과 목록, 굿즈 등 혜택이 많았다. S유통은 온라인 서점도 있고 매달 출간하는 잡지와 출판사도 있었으며 책 선정이나 정보를 얻는 데 도움이 많이 되었다.

그러다가 어느 순간 다양한 유통업체가 생겨나고 책방들이 다른 유통업체로 바꾸기 시작했다. S유통에서 근무했던 팀장들이 새로운 업체를 차렸고 친하게 지냈던 책방들은 거래를 바꾼 것이다.

우리가 거의 20년 동안 S유통을 고집한 이유는 융통성이 없기도 했지만 주문 방식이 유통업체마다 달라서 직원들이 그 시스템에 적응하기 힘들어했기 때문이다.

하지만 어린이책만 유통하는 S유통에서 청소년이나 성인 도서를 구하는 데 일주일이 걸리기에 책 납품일을 맞추기가 힘들었다. 그래서 출판사들의 권유로 일반도서까지 하는 우리나라 최고의 B유통과 계약하게 되었다. 처음에는 일반도서 주문이 가능해서 직원들의 숨통을 터주는 것 같았다. 그런데 주문 방식이 복잡하고 받은 책들의 상태가 불량해서 불만이 쌓이게 되었다. 불량 책들은 즉시 사진을 찍어서 바로 반품해야 하고 번거로운 일들이 많았다. 결국은 B유통을 포기하게 되었다.

그러다가 도서정가제가 도입되면서 책방에 비상이 걸렸다. 유통업체에서 운영이 힘들다는 이유로 슬그머니 공급률을 5퍼센트씩 올리기 시작했다. B유통도 공급률이 오르는 마찬가지였다. 한 달 매출이 2000만 원 넘는 곰곰이 책방으로서는 공급률 5퍼센트가 타격이 컸다. 거기에다가 S유통이 작은 출판사들에 결제를 해주지 않아 화가 난 출판사 대표들이 줄줄이 S유통과 거래를 끊었다. 그래서 우리는 S유통과 거래가 안 되는 출판사에 직접 전화를 걸어 책을 주문할 수밖에 없었다. 그러면서 점점 직거래를 해야 하는 곳이 늘어났다. 직원들은 책 주문하는 일이 번거로워졌고 결제해야 할 곳들이 늘어 불만이 쌓였다.

결국 직원들의 부탁으로 되도록 직거래를 줄이고 공급률이 5퍼센트라도 적은 다른 유통업체를 알아보게 되었다. 동네책방 모임에서 납품 전용 W유통을 알게 되었는데 반품이 되지 않는다는 것 외에 다른 조건들은 S유통보다 좋았다. 그래서 20년 가까이 이용하던 S유통과는 거래를 중단하고 W유통과 거래하게 되었다. W유통은 출판사 결제 부분이 좋아 신용도도 괜찮은 편이었고 일반 도서까지 빠른 시간 내에 구해줬다.

그러면서 고정 납품이 많은 책들에 한해서는 출판사 직거래를 하기로 했다. 물론 직거래를 많이 줄이고 W유통에서 책을 받는 것을 원칙으로 하였기에 몇몇 출판사 책만 가끔씩 직거래를 하고 있다. 출판사 직거래의 좋은 점은 공급률이 10퍼센트 정도 낮다는 것이다. 하지만 직거래는 반품이 없어야 하고 하나하나 따로 출판사를 찾아 주문해야 해서 번거로울 때가 있다. 또 중간 택배지사에서 책 박스를 던져 모서리 파손이나 불량이 생겨 서로 미안해하는 경우가 생기기도 한다. 그래서 직거래 책은 포장에 신경 써달라고 신신당부를 한다.

책 욕심이 많다 보면 판매도 못하면서 서가에 책만 쌓이는 일이 생긴다. 반품이 안 되는 오래된 책들에 먼지가 쌓이고 햇빛에 색이 바래서 판매도 못하고 견본 책이 되는 경우도 있다. 출판사 직거래도 조금 주문하기 미안해서 책을 더 주문하다 보면 반품이 안 되어 재고가 쌓인다. 그러니까 심사숙고해서 주문하는 것이 좋다.

곰곰이 책방은 W유통과 출판사 직거래를 유지하면서 운영하게 되었고 반품이 안 되기에 책 주문을 신중히 하게 되었다.

조건이 다른 유통업체들이 있고 직거래가 가능한 출판사들이 있겠지만 조금씩 책방 형편에 맞게 주문이 편한 곳으로 계약을 하면 큰 고민은 없을 것이다. 지금도 많은 동네책방들이 유통 문제로 정보를 교환하며 책방 형편에 맞게 유통업체를 결정해 거래하고 있다. 유통업체가 살아야 출판사도 안심하고 책을 낼 수 있을 것이고, 책방들도 되도록이면 반품 없이 결제일을 잘 지켜주고 유통업체도 출판사 결제를 잘해주면 상생의 길로 갈 수 있다.

마음이 따뜻한 작가들

곰곰이 책방이 자리 잡기까지는 작가들의 도움이 컸다. 아이들에게 일찌감치 영어 책을 많이 가르치는 동네에서 우리나라 작가의 작품을 알리면서 책방을 운영하고 싶어, 우리 옛이야기를 소개하고 우리 창작 그림책과 동화책, 역사, 과학책들을 파고들어 읽어보았다.

서정오 작가는 내가 여성인력개발센터에서 강사 생활을 할 때 옛이야기 특강을 요청한 적이 있어 책방을 차리기 전부터 인연이 있었다. 3년 뒤 우리 부부가 책방을 연다고 했을 때 가장 먼저 와서 축하해 주고 회원들과 옛이야기를 공부하고 싶다고 하면 언제든지 달려와주었다. 한번은 서정오 작가의 제자가 책방 특강에 참여해 5학년 때 담임 선생님인 작가를 뵙고 간 적도 있었다. 신기하기도 하고 감동적이기도 했다.

그림책 작가들은 멀리서 와서 아이들에게 작업 과정을 얘기해주고 함께 활동을 해주어 추억도 쌓게 해주었다. 초창기에 온 분들은 우리나라 그림책의 역사를 연 분들이었다. 《심심해서 그랬어》의 이태수 작가는 아이들과 무당벌레 그리기를 하며 생동감 있는 벌레의 모습을 어떻게 표현하는지 보여주었다. 항상 자연을 곁에 두고 사는 분이라 오면 가로수 하나하나에 대한 애정을 보이기도 했다. 《강아지똥》을 그린 정승각 작가는 또롱또롱한 목소리로 아이들의 눈망울을 집중시켜 그림책 보는 방법을 오래도록 기억하게 해주었다. 《갯벌이 좋아요》의 유애로 작가도 아이들과 자연물로 노는 방법을 가르쳐주었고 아이들은 직접 자기가 준비한 재료로 마음껏 표현하는 것을 즐거워했다.

부산에 있다가 서울로 간 《비가 오는 날에》의 이혜리 작가는 그림에 문외한이던 우리에게 색을 표현하는 법, 재료와 선이 그림책에서 얼마나 중요한지를 가르쳐주었고 《만희네 집》의 권윤덕 작가는 그림책을 대하는 마음이 어떤 것인지 작가가 되고 싶은 사람들에게 귀감이 되는 모습을 보여주었다. 길고양이를 오랫동안 집고양이로 키우고 그림책 《고양이는 나만 따라해》의 주인공으로 만들었던 것도 인상적이었다.

재활용품으로 자기만의 로봇을 만들게 해준 《로봇 친구》의 한태희 작가와 꽃잎을 한 아름 가지고 와서 아이들과 꽃잎 드레스를 만들어 입고 행복감을 느끼게 해준 《숲 속 재봉사의 꽃잎 드레스》의 최향랑 작가와 보낸 시간도 잊을 수 없다. 《행복한 학교》의 모습을 그리게 한 김중석 작가도 고릴라 작가의 모습으로 나타나서 아이들을 유쾌하게 해주었다. 《지하철을 타고서》그림을 그린 김영진 작가 강연회 때는 아이들이 사인 받겠다며 책을 끌어안고 한 시간 이상 줄을 서면서도 즐거워했던 모습이 기억에 남는다.

《동물원》과 《선》을 만든 이수지 작가 강연회에서는 작품이 나오기까지의 과정을 설명하는 부분에서 감동을 받았고, 아이들이 자기만의 선 하나를 두고 몰두해서 그리는 모습들이 너무 사랑스러웠다.《곤충 가면 놀이》의 안은영 작가는 다양한 재료로 아이들과 곤충 가면 만들기를 하고 아이들이 곤충에 대해 애정을 갖도록 해주었다.《나는 화성 탐사로봇 오퍼튜니티입니다》의 최경식 작가는 아이들과 팝업북 만들기를 하면서 화성에 대한 관심을 유도했다.

《간질간질》과 《눈물 바다》를 그린 서현 작가는 아이들과《눈물 바다》에서 숨은 그림을 찾고 작품에 담긴 작가의 어린 시절 이야기를 들려주어 아이들의 호응도가 높았다. 옛이야기《깜박깜박 도깨비》를 그린 권문희 작가는 옛이야기가 얼마나 재미있는지 아이들과 그림을 그리면서 이야기를 만들어보는 시간을 보냈다.

《마당을 나온 암탉》을 쓴 황선미 작가는 20년을 함께하며 곰곰이 아이들이 원하면 바쁜 시간을 쪼개어 늘 와주어서 아이들에게 기쁨과 희망을 주었다. 또 부산에 올 때마다 연락주고 아이들뿐만 아니라 어른들에게도 웃음과 에너지를 주고 가는《가방 들어주는 아이》를 쓴 고정욱 작가도 여러모로 많이 도움을 주었다. 이외에도 이금이, 조성자, 임정진, 송미경, 홍종의, 이상권, 윤여림, 김남중 작가와 부산에 사는 한정기 작가, 안마란 작가 등 곰곰이 아이들이 원하면 멀리서도 오고 가까이서 수시로 와주어서 큰 힘이 되었다.

동화 작가만이 아니었다. 이지유 작가의 《별똥별 아줌마가 들려주는 우주 이야기》 강연회에는 새로운 아이들과 아버지들이 신청해 깜짝 놀랐다. 강의 시간 내내 아이들의 질문도 많았는데, 아이들 눈높이에 맞게 명쾌한 해답을 해주어 어른인 우리도 새로운 사실을 많이 알게 되었다. 이성실 작가는 제대로 된 과학책 고르는 방법을 가르쳐주었다. 직접 가보고 경험해서 쓴 글과 그런 이야기를 들을 수 있는 강연회가 얼마나 멋진 일인지 보여주는 시간이었다.

책에 대한 관심은 이렇게 우연한 기회에 만난 작가를 통해 시작되는 경우가 많다. 특히 아이들은 작가가 와서 자기 작품을 어떤 과정을 거쳐 만들었는지 이야기하면 다음 작품도 기대하게 된다. 그리고 작가 위주의 독서가 얼마나 매력적인지 알게 된다. 그래서 작가와의 만남은 책방 행사 중 가장 의미가 있는 행사라 할 수 있다.

출판사와 함께 가는 책방

나한테는 특이한 습관이 있다. 책을 볼 때 출판사와 작가부터 보는 습관이다. 곰곰이 책방을 연 지 얼마 되지 않았을 때는 단행본 어린이책이 몇몇 출판사 위주로 나와서 책 종수가 그리 많지 않았다.

알려진 책 위주로 추천하고 판매했다. 그러다 보니 회원들과 함께 읽은 책은 많은데 폭넓게 읽고 추천하지는 못한 것 같았다. 곰곰이 책방만이 추천할 수 있는 책들이 있어야 우리도 자부심을 느끼고 보람도 있을 텐데 말이다. 교육청 목록, 학교 추천도서 목록, 어린이도서연구회 목록 등 다양한 목록들을 갖다 놓고 책을 주문해서 실물을 보며 좋은 책을 골라내는 작업을 시작했다. 출판사 홈페이지가 없더라도 인터넷 서점에서 출판사의 목록들을 점검하고 그 출판사의 특징과 작가군도 살펴보고 궁금한 책은 주문해서 직접 보고 판단했다.

특히 곰곰이 책방은 매달 책을 소개하는 신문이 있어서 책 소개할 때 몇 개 출판사로 편중되어 있으면 독자들이 책을 고르기에 부족할 것 같았다. 신간 코너나 소재별 코너에 책을 소개할 때는 출판사가 중복되지 않도록 신경 썼다. 그랬더니 신생 출판사나 중급 출판사에서 신기하게 보는 듯했다. 따로 홍보비를 쓰지 않아도 책만 좋으면 신간 소개나 다른 코너에도 소개해주니 고맙기도 하고 궁금하기도 했단다. 그래서 출판사 신간이 나오면 하나둘씩 책방으로 보내주었다.

다양한 출판사에서 꾸준히 신간을 보내와서 곰곰이 책방에서는 책 고르는 범위도 넓어지고 추천하기도 좋아졌다. 그러다가 부산에 행사나 계약 때문에 왔다가 곰곰이 책방에 직접 신간을 들고 오는 출판사 대표도 늘어나기 시작했다. 책을 만드는 분들이라 자기가 만든 책에 대한 애정이 많아 책방에 굿즈 하나라도 챙겨주려고 애쓰는 모습들이 역력했다.

책방을 하면서 좋은 것은 나이가 들어도 자신의 일에 대한 애정과 가치관이 순수한 이들을 만나서 힘이 난다는 것이다. 때로는 유통이나 책방들이 문을 닫게 되어 손해도 크고 힘들 때도 많지만 잘 견디고 다시 일어나는 모습을 보여줘 더 애잔할 때도 있다. 하지만 출판사에서 만들고 있는 책 이야기가 나오면 눈이 빛날 정도로 애정을 가지고 이야기한다. 출판사 대표들에게는 책이 자식이나 마찬가지다. 그래서 한 권 한 권이 소중하다. 그 책들이 책방에 올 때는 애정 어린 눈으로 봐주려고 하고 그 책을 만든 작가의 마음을 이해하려고 한다.

책방과 함께 움직이는 책들

9

책방지기의 손길이 남다른 책방들

책방 운영자들은 어떻게 책을 배치해야 하나 고민이 많다. 본인 취향
으로만 가도 문제가 생기고 대형서점이나 인터넷 서점에서 추천하는
책들을 갖다 놓고 판매하는 것도 의미가 없어 고민이다. 그래서 어떻
게 큐레이션을 해야 책방에 오는 분들과 함께 호흡해 나갈 수 있는지
늘 생각한다.

책방마다 베스트셀러가 다르고 신간과 구간을 배치하는 방법이 달
라 어떤 방법이 맞다고는 할 수가 없다. 전국의 책방을 다 가본 것은
아니지만 특색 있고 운영이 잘되는 책방들을 들러서 큐레이션을 어떻
게 했는지 운영자에게 물어본다. 도쿄에서 본 한 책방은 시내 중심에

있는 상가 3·4층에 서점을 운영하는데, 특이하게 3층은 신간 4층은 구간을 배치했다. 한 책방은 책 한 권만 전시했다. 그 책에 나오는 그림이나 재료로 전시를 하고 있었다. 물론 작가와의 만남과 사인회를 하는 시간도 준비되어 있었다.

책방 운영자들은 북큐레이터 역할을 하게 되는데 그러려면 꾸준히 책을 읽어나가야 하고 본인이 좋아하는 분야는 물론 책방에 오는 분들의 기호에 맞게 떠올릴 수 있는 책 목록들도 관리해야 한다. 그 책방만이 지닌 색깔을 유지하면서 신간 작업을 할 때는 나름 공정성을 유지하면서 신간 베스트셀러도 정하고 꾸준히 읽혔으면 하는 스테디셀러도 갖추는 것이 좋다.

지역에 있는 동네책방의 경우에는 지역 작가를 소개하고 그들의 책들만 따로 전시해 놓은 코너가 있어 그 고장만의 정서를 알 수 있게 하고 있다.

통영의 '봄날의 책방'에 가면 건축가인 대표 덕택에 공간과 집에 관한 책들을 따로 모은 코너를 만날 수 있다. 통영을 대표하는 문학가들(유치환, 백석, 김춘수)의 작품이나 음악가 윤이상 관련 책들의 코너가 따로 있어 책방에서 통영을 흠뻑 맛볼 수 있다. 이 책방은 남해의봄날이라는 출판사와 함께 운영하고 있어 남해의봄날 출판사 책도 실컷 만날 수 있다. 덤으로 바로 옆에 전혁림미술관이 있어 그림도 함께 감상하면 두 배로 행복해진다.

서울시 중구 순화동에 있는 책방 '순화동천'의 '동천'은 노장 사상에 나오는 말로 이상향을 뜻한다. 오랜 역사를 지닌 한길사 김언호 대표가 스마트폰 시대를 사는 현대인에게 책의 미학을 알려주고자 만든 책방이다. 아파트 상가 2층을 통틀어 만들었는데 한길사의 인문학 책들을 잘 정리해 놓았다. 음악회, 갤러리, 전시장이 구비되어 있어 행사하기가 좋고 대관도 가능했다. 아파트 주민이나 주변 직장인들의 접근성이 좋은 곳이었다. 한길사의 인문학 책들이 잘 전시되어 찾아보기도 쉽고 앉아보기에 편한 자리들이 있어 좋았다.

강화도에 있는 '딸기책방'은 20년 넘게 출판 일을 한 위원석, 박종란 부부가 차린 책방이다. 강화도 초입에 '딸기책방' 이름으로 출판사를 냈고 이후 책방을 차렸다. 그림책과 만화책 전문 책방으로 주민들과 아이들이 이곳에서 잠시라도 판타지 공간을 맛보길 원한다고 한다.

강원도 속초에는 '동아서점', '문우당서림', '완벽한 날들' 이렇게 세 서점이 유명하다. 속초 인구가 8만밖에 안 되는데 비해 서점의 역사는 깊다. 속초를 방문하는 관광객들은 바다도 보고 책도 보는 여행을 서점을 통해 하고 있다. 여행 코스 중에 서점이 들어갈 정도라면 이 세 서점이 각자 문화 공간으로서의 역할을 잘하고 있기 때문일 것이다.

'동아서점'은 1956년부터 지금까지 3대가 이어온 서점이다. 책 진열이 남다르고 독자가 책을 찾기 편한 위치에 책을 깨끗하게 잘 관리해 한 권이라도 사고 싶은 마음이 들게 큐레이션을 꼼꼼하게 해놓았다. 한쪽이 통창으로 되어 있어 마음을 넓게 해주었고 구석구석에 앉을 자리가 적절하게 배치되어 하루 종일 있어도 좋을 만큼 내부 구조가 편했다. 카운터에서 매장 안을 바라보았을 때 시야를 가리는 부분이 없고 단층이라 관리하기 편해 보였다.

서점 운영자 가족이 만든 속초 여행 지도를 판매하고 출판사 편집자들이 추천하는 책이 메인 코너에 있었다. 분류를 꼼꼼히 해놓았고 책 상태가 아주 깨끗한 편이었으며 책꽂이를 다양하게 활용해 책을 꺼내서 읽어보고 싶게 했다.

'문우당서림'은 '동아서점'과 가까운 거리에 있는데 꼭 들러보는 서점이다. 책과 사람의 공간이라는 뜻으로 주차장에서 매장으로 들어가는 입구도 편하게 되어 있다. 들어가자마자 눈에 띄는 코너가 있는데, 1층 입구에 고객들이 남긴 글 가운데 기억에 남는 글을 인쇄하여 벽에 전시한 것이다. 2층 올라가는 계단에는 벽에 명언들을 전시했다. 이 두 곳은 '문우당서림'에서 '인증샷'을 가장 많이 찍는 장소라고 한다. 1984년 미혼이던 이민호 대표가 혼자서 서점을 차리고 결혼 후에 지금까지 가족들과 함께 이끌어온 곳이라 의미가 있었다. 2층에는 독립출판물과 웹툰 만화책, 수험서가 진열되어 있고, 시 낭송회나 글을 쓸 수 있는 공간이 있어 예약제로 운영되고 있었다. 운영자의 형제 가족들이 직접 나와 1·2층 데스크 일을 보고 서가 정리를 하고 있어 가족적이고 따뜻한 느낌이 들었다. 그래서 그런지 비가 오는 날인데도 서점은 북적거렸다.

마지막으로 들른 곳은 북스테이 전문 '완벽한 날들'이라는 독립서점이었다. 속초시외버스터미널 바로 뒤에 있어 찾기 쉽고, 개인 힐링 여행을 하기에 좋은 위치와 시설을 갖추고 있었다. 시끄럽지 않고 북카페도 함께 운영하는데 다시 오고 싶을 정도로 평이 좋은 곳으로 알려져 있었다. 역시나 젊은 감각을 지닌 대표가 운영하는 서점다웠다. 북스테이를 하고 싶을 때 서로 추천하는 곳으로 유명했다.

이외에도 전국에는 보석 같은 동네책방이 많다. 책방마다 운영자들의 정성스러운 손길로 만든 목록들이 구석구석에서 잘 맞는 주인을 기다리며 서가에서 숨 쉬고 있다.

곰곰이 책방은 해마다 4분기로 나눠 신간 중에 분야별로 베스트셀러 목록을 공개하고 곰곰이 신문 1면에 싣는다. 분기마다 그림책 열권, 동화책 열 권, 청소년 소설 다섯 권, 비문학류 열 권을 싣는다. 이 목록들은 도서관이나 단체에서 책 구입할 때 도움이 되고 출판사나 작가분에게도 힘이 될 수 있다.

책 표지와 제목, 선물하고 싶은 책들

책방에 방문하면 가장 눈에 띄는 것은 서가와 책 표지다. 처음 책방을 열어 내부 구조에 신경을 쓰면서 어떤 소품들이 잘 어울릴지 고민하고 있을 때 한 분이 한 말이 있었다. 책방에서 가장 예쁜 것은 책 표지라는 것이다. 책을 서가에 꽂아 놓으면 책 표지가 어떻게 생겼는지도 모른다. 메인 코너에 책 표지가 보이도록 전시해 놓으면 그만큼 빛나는 것이 없다. 그래서 표지를 보고 읽고 싶고 손이 가도록 하는 것이 가장 좋은 인테리어다. 그런데 책 파손이 높아 쉽지는 않은 실정이다. 그래도 그 주의 신간이라든지 주제별 책 코너, 작가별 책 코너에서는 표지가 보이도록 한다.

한번은 서정오 작가 강연회 때 일주일 동안 작가의 옛이야기 시리즈 책을 전시해 놓은 적이 있었다. 그동안 흰색에 까만 붓글씨로 된 책 등만 보다가 표지가 보이게 펼쳐놓으니 열 권의 책이 너무 아름다웠다. 책의 미(美), 즉 북아트라는 것을 무시하고 살았다는 것을 알게 되었다. 그때부터 표지의 그림과 디자인이 얼마나 중요한지 알고 앞뒤 표지를 눈여겨보게 되었다.

예전에 북아트 강의를 들으면서 외국과 우리나라 도서관 풍경이 많이 다른 점에 놀랐다. 뉴질랜드 도서관은 잡지꽂이처럼 책 표지가 보이게 진열되어 있었고 아이들은 잡지꽂이 같은 책 박스를 끌고 와서 책 표지를 넘겨보고 책을 골라 갔다. 그때 새삼 알았다. 같은 책인데 우리는 책 표지를 제대로 보지 않고 책 등에 있는 제목만 보고 책을 열어본다는 것을. 그 후 책 표지를 보며 감상하고 제목과 작가명도 꼼꼼히 보게 되었다.

책 표지에서 가장 많이 보는 것이 책 제목이다. 책을 열어 보지 않고 제목만 보고 사는 경우도 많다. 특히 그림책은 제목과 그림이 중요하다. 물론 짧은 시간에 책을 읽어보고 살 수도 있다.

재미있는 제목으로 눈길을 끄는 책들이 많다. '왜요?'라든가 '엄마가 화났다' '침 뒤지기 마세요' '난 토마토 절대 안 먹어' '구름공항', '마법 침대' '알사탕' '정신없는 도깨비' '줄줄이 꿴 호랑이' 등 기발하고 궁금한 제목들로 우리를 즐겁게 하는 책에 손이 갈 수밖에 없다.

동화책도 마찬가지다. 책 두께가 두꺼워 손이 안 갈 때에도 책 제목을 보면 읽고 싶다는 생각이 들 때가 있다. 내용이 궁금한 제목들은 많이 있다. '나쁜 어린이 표'라든가 '마법의 빨간 립스틱' '정직맨과 고자질맨' '화산 폭발 생일 파티' '내 꿈은 슈퍼마켓 주인!' '오늘부터 문자 파업' '배가 된 도서관' '담임 선생님은 AI' '무덤 속의 그림' '진휘 바이러스' '나는 그때 왜 비겁했을까?' '호철이 안경은 이상해!' 등등 책을 열어보고 읽고 싶게 하는 제목을 단 책들이 참 많다. 책에 대한 호기심을 불러일으키는 것은 제목과 표지 그림이다. 물론 여기 소개한 책들은 제목만 재미있는 것이 아니라 내용까지 완벽한 책들이기도 하다.

위안을 주고 오래 남는 깊이가 있는 책들도 있다. 책방 식구들도 책을 열어본 순간 위안을 받은 책들은 따로 모아서 오는 분들에게 소개한다. 예를 들면 마음이 혼란스러울 때는 그림책 《쓰담쓰담》(전금하) 《마음먹기》(자현, 차영경) 《비에도 지지 않고》(미야자와 겐지, 유노키 사미로)를 한번 감상해보라고도 하고, 옛 성현들의 지혜를 닮고 싶을 때는 《나랑 같이 밥 먹을래?》(김주현)라든가 《입말로 들려주는 우리 겨레 옛이야기 – 지혜편》(이향숙)을 추천하기도 한다. 권력을 휘두르는 세상에서 벗어나고 싶을 때는 그림책 《수호의 하얀말》(오츠카 유우조,

아카바 수에키치)《한간의 요술 말》(천장홍)《청동종》(오트프리트 프로이슬러, 헤르베르트 홀칭)을 감상하고 나면 속이 후련할 때도 있다.

그때그때 화두가 되는 책들은 책방 식구들끼리 읽어보고 추천하면 그것만큼 좋을 수 없을 것이다. 2020년 초에는 〈작은 아씨들〉(그레타 거윅, 2019)이라는 영화가 주목받아, 우리는 작가가 쓴 원작에 가까운 완역판을 고르고 비교하면서 책을 추천했다. 북한 문제가 대두될 때는 아이들과 함께《봉주르, 뚜르》(한윤섭)와《국경을 넘는 아이들》(박현숙)《개성빵》(문영숙)을 읽어보기도 한다. 문학 작품은 신문 기사의 몇 줄 기사보다 많은 상상력과 생각을 이끌어낼 수 있어서 추천하는 보람이 있다.

한편 책을 선물하고 싶을 때는 선물을 받는 사람의 취향과 독서력, 그리고 선물하는 사람이 원하는 방향을 들어보고 책을 골라준다. 아름다운 책을 원하는 경우는 그림과 글이 잘 어울리면서 자꾸 보고 싶은 그림책을 소개한다. 오래 전부터 꾸준히 소개되는《아름다운 가치 사전》(채인선)이나《아홉 살 마음 사전》(박성우) 같은 인성과 관련 있는 책들은 선물 받는 분들이 감동하는 책들이기도 하다.

좋은 책은 하루아침에 뚝딱 만들어지는 것이 아니다. 작가의 혼을 담아서 의식 있는 편집자의 손과 디자이너의 섬세한 손을 거쳐 함께 만들어가는 것이다. 덕분에 선물 받았을 때 그 기쁨은 어떤 것과도 비교가 안 된다. 그러니 책방에서 양심적으로 추천하는 책들은 독자들에게도 오래 남는 선물이라는 생각이 든다.

기억에 남는 책들 ① 그림책과 아동 문학

해마다 매달 책은 쏟아져 나오는데 베스트셀러를 거쳐 스테디셀러가 되기까지는 쉽지가 않다. 그래도 책방지기들한테 1년에 한 번 그해의 책을 선정하라고 하면 한 권씩은 나올 것이다. 곰곰이 책방도 기억에 남는 책과 추억이 많다.

처음 책방을 열어야겠다고 생각한 이유는 구입이 원활하지 않는 책들이 많아서였는데, 그 중에 가장 구하고 싶었던 책은 《내 짝궁 최영대》(채인선)였다. 어린이책의 역사에 꼭 등장해야 할 책이라 할 수 있는데, 1997년에 재미마주에서 나왔다. 지금도 첫 번째 창작 동화로 꼭 소개하는 책이다. 우리나라에 왕따라는 말이 생기기 전에 채인선 작가가 자기 딸의 짝궁인 최영대를 모델로 글을 써 제대로 된 창작 동화의 전형을 보여 주었다. IMF가 터지기 직전까지 신문 문화면을 크게 차지하던 책이다.

당시 어린이책을 다루는 책방은 전국에 120여 개가 있었고 인터넷 서점이 없던 시절이라, 어린이 전문 책방에만 납품하는 출판사들이 있었다. 이 책을 만든 재미마주 출판사가 그런 출판사였다. 책을 양장본에서 페이퍼북으로 출간해 출판계에 파장을 일으키기도 했다.

황선미 작가의《나쁜 어린이 표》는 학교에서 경고 스티커를 주던 문화를 없애는 데 기여했고, 우리나라 최초로 어린이책 분야에서 100쇄라는 기록을 세우기도 했다. 곰곰이 책방에서는 웅진출판과 함께 100쇄 기념 행사를 하기도 했다. 다음에 나온 동화《마당을 나온 암탉》은 전국 책방에서 작가 강연회를 열 정도로 화두가 되었고, 영국 런던 도서전에서 주목받기도 했다. 황선미 작가를 세계적인 작가로 만든 작품이다. 이 두 작품은 어린이 책방 강연회를 활성화하는 데 큰 기여를 한 책들이었다.

동화《아주 특별한 우리 형》과《가방 들어주는 아이》로 일약 스타덤에 올랐던 고정욱 작가는 소아마비 장애가 있는 작가로 장애아들의 이야기를 세상에 내놓으면서 파란을 일으켰다. 작가 강연회 때는 어느 작가보다도 우리에게 많은 생각을 심어주고 간 분이라 아이들이 고정욱 작가의 작품을 오래 기억한다.

또한 당시 낮은산이라는 신생출판사에서 처음 나온《종이밥》(김중미)은 책방 회원들을 울린 작품이었다. 〈느낌표〉(텔레비전 예능 프로그램) 선정도서《괭이부리말 아이들》로 주목받은 김중미 작가의 작품이었기에 더 관심이 있었고,《종이밥》의 주인공 남매도 부모님이 돌아가시고 할아버지·할머니와 사는 괭이부리말 아이들이었다. 아기 때부터 방에서 방치되어 커왔던 송이는 배고플 때면 시험지를 입에 넣어 먹어서 오빠 철이는 시험지를 종이밥이라고 불렀다. 실제 모델이 있었고 공부방 선생님이던 김중미 작가가 만나는 아이들의 이야기라 더 감동이 왔는지도 모르겠다. 당시《종이밥》은 책방을 오가는 아이들과 엄마들에게 많은 화두가 되었고 서로 추천하는 책이었다.

2008년에는 미국에서《사금파리 한 조각》(린다 수 박)이 뉴베리상을 수상하면서 주목받게 되었다. 사금파리라는 말이 순수한 우리말로 사기그릇의 깨어진 작은 조각이라는 것을 알게 되었다. 이 책은 우리나라 국민들에게 자긍심을 심어준 책이기도 했다. 미국 이민 2세인 린다 수 박이 간송미술관을 방문하여 고려청자에 반해 고려시대 부안의 도자기 마을을 배경으로 이야기를 끌고 갔다. 주인공 아이의 이름이 민형필인데, 실제 간송미술관 관장인 전형필 선생의 이름에서 가져왔다고 한다. 이 책은 그 해에 곰곰이 책방 회원들은 물론이고 우리나라 사람이면 한 번쯤 읽어볼 만한 책으로 서로 소개하고 읽어서 평을 많이 받았다.

그림책으로는 어린이 책방을 드나드는 아이라면 찾게 되는 이억배 작가의 그림책《솔이의 추석 이야기》와《세상에서 제일 힘센 수탉》《반쪽이》는 어른과 아이에게 정겨운 그림이 무엇인지를 보여주는 작품이었다. 평면적인 민화풍의 그림이 일품이어서 그림 포스터를 가장 많이 원했던 작품이기도 했다.

이때 함께 주목 받은 작품은 권윤덕 작가의 그림책 《만희네 집》《고양이는 나만 따라해》다. 실제 부모님을 모시고 살던 오래된 집을 3년 동안 그려서 세심한 감동을 주었던 《만희네 집》과 약수터 고양이를 데려와 집고양이로 키워 함께 살았던 실제 이야기를 담은 그림책 《고양이는 나만 따라해》는 애잔함이 느껴지는 작품이다.

《우리 몸의 구멍》 작가로 유명한 이혜리는 《비가 오는 날에》에서 목탄으로만 빗줄기 선을 묘사해 평론가들의 언급이 끊이지 않았고, 비가 오는 날에 비 맞기 싫어하는 동물들의 모습이 사랑을 많이 받았다.

보리출판사에서 나온 이태수 작가의 사계절 그림책 시리즈는 세밀화 마니아가 생길 정도였다. 《우리 순이 어디 가니?》《심심해서 그랬어》《바빠요 바빠》《우리끼리 가자》는 관심을 많이 받아 독자가 시리즈로 모으는 책이었다.

창작 그림책에서는 이수지 작가의 《동물원》이 책방에서 화두가 되었고, 일 년 내내 계간지나 잡지에 평론이 끊이지 않았다. 실제 과천 서울 동물원을 모델로 해 친근감을 주기도 했다. 표지부터 면지까지 글은 거의 없어도 스토리가 이어지게 구성이 완벽했고 색 배합이 뛰어나 보는 이들에게 그림 보는 눈이 달라지게끔 했다. 이후 나온 그림책 《파도야 놀자》《강이》도 꾸준히 사랑을 받아 작가 강연회 때 가장 많은 신청을 받기도 했다.

그림책 《구름빵》(백희나)도 인기가 많았는데 구름이라는 소재로 나온 책 중 가장 재미가 있었다. 세계적으로 널리 알려져 모르는 사람이 없을 정도로 아이들도 어른들도 좋아했던 작품이다. 백희나 작가에게는 저작권 문제로 마음 아픈 작품이지만, 이 책 덕분에 뒤에 나온 《장수탕 선녀님》부터 《알사탕》까지 백희나 작가 팬층이 두터워져 신간이 나오면 아이들이 직접 사러 책방에 오곤 한다. 아이들끼리 소장 경쟁을 할 정도의 작품이기도 하다.

외국 그림책에서는 《난 토마토 절대 안 먹어》(로렌 차일드)가 최고의 작품이었다. 그 당시에는 아름답고 환상적인 그림이 독자의 사랑을 받았는데, 《난 토마토 절대 안 먹어》는 활발한 콜라주 기법으로 편식하는 여동생의 이야기를 담아 아이들 마음을 홀딱 빼앗아 갔다. 엄마들은 정신없는 그림책이라 했지만, 이 그림책은 2000년 영국도서관협회에서 주관하는 케이트 그린어웨이(Kate Greenaway) 상 수상작이 되었다. 정말 굉장한 그림책이었다.

일본 그림책의 돌풍도 대단했다. 하야시 아키코의 그림책 《순이와 어린 동생》《이슬이의 첫 심부름》《은지와 푹신이》는 지금까지도 사랑받으며 마음을 치유하는 효과가 있다. 한번은 어릴 때 이 책을 몰랐다가 초등학교 3학년 되어서 이 그림책에 푹 빠진 아이도 보았다. 엄마에게 사달라고 떼를 써서 구입해 가는 그 아이를 보며 아이들이 하야시 아키코의 작품에서 위안을 느낀다는 걸 알 수 있었다.

이후 나온 《행복한 청소부》는 직업에 귀천이 없다는 점을 느낄 수 있었다. 청소부 아저씨가 책도 안 읽고 음악 감상도 한 적 없이 청소만 열심히 하다가 어느 날 스스로 필요성을 느껴 책도 읽고 음악회도 가보게 되어 새로운 세계를 알게 되었다는 내용이다. 나중에 방송에도 나오고 대학에서도 초빙 받는 유명 인사가 되지만 그대로 청소부 일을 하겠다고 하는 아저씨의 모습이 멋지게 그려진 작품이다. 그림도 기억 속에 오래 남고 직업에 대한 철학이 담겨 있어 지금까지도 추천되는 책이다. 행복은 사회적 지위나 경제적 위치에서 오는 게 아니라는 것을 보여주었다.

기억에 남는 책들 ② 교양 분야와 청소년도서

창작물만큼이나 인기가 많고 지금까지도 계속 찾게 되는 역사, 과학 책이 있다. 박은봉 작가의 《한국사 편지 1~5》와 이지유 작가의 《별똥별 아줌마가 들려주는 우주 이야기》다. 별똥별 아줌마가 들려주는 화산, 몸, 지구, 공룡, 사막, 아프리카 이야기도 있다. 책방을 하면서 여성으로서 자부심을 느낀 적은 이 두 작가의 작품이 세상에 나왔을 때다. 오랫동안 남성이 차지하던 역사, 과학 분야에 여성 작가들이 책을 잘 써서 아이들이 그 분야에 도전하고 재미를 붙이게 만들었다. 두 분 다 출판사를 한 번씩 바꿔 책의 완성도를 높였고 지금도 꾸준히 책을 내고 있다. 독자 입장에서는 보물을 발견한 느낌이었다.

역사 동화 《초정리 편지》(배유안)와 《책과 노니는 집》(이영서)도 두고두고 해마다 추천하는 책이 되었다.

《초정리 편지》는 초정리 행궁을 들른 세종대왕과 석수장이 아들 장이가 약수터에서 만나면서 훈민정음을 배우는 이야기로 나중에 편지를 쓰는 데 도움이 되는 이야기다. 이 작품은 세종대왕이 어떤 마음으로 훈민정음을 만들었고 백성인 장이에게 어떤 고마움으로 전달되는지 느껴져 읽을수록 감동이 배로 커진다. 아이, 어른 상관없이 읽어야 하는 책으로 권하기도 했다. 실제 아이용, 성인용으로 나온 작품이기도 하다.

《책과 노니는 집》은 조선 후기 천주학이 만연할 때 책방 이름으로 억울하게 죽은 필사장이의 아들이 겪는 이야기다. 당시 천주교 탄압이 어떻게 이루어지는지도 보게 되고 장이의 출생 비밀도 나와 흥미진진하게 읽게 된다. 그 옛날 책에 대한 생각과 책이 있는 공간에 대한 생각을 달리 해주는 책이기도 했다.

인물 이야기에서는 임진왜란을 분석한 책《이순신을 만든 사람들》(고진숙)이 세상을 놀라게 했는데, 이순신에 대한 시각이 달라진다. 전장을 이끈 영웅 이순신에게는 참모 다섯 명이 있었고 그들은 승진도 마다하고 자기 분야에서 업적을 일구어 나라를 지켰다. 이 책을 쓴 저자는 천문기상학 전공으로 날씨를 연구하고 물길을 연구한 어영담이라는 인물을 알다가 이순신까지 가지 않았을까 그런 상상도 들게 하였다. 아무튼 이 책은 순식간에 널리 추천되어 집집마다 한 권씩 꽂혀 있을 정도였다. 역사를 싫어하는 아이들도 신기해서 잘 읽었고 역사에 관심 있는 부모들도 좋아하는 책이었다.

역사 자료집으로는 《한국생활사박물관》(한국생활사박물관 편찬위원회) 시리즈를 추천하는데 지금까지도 훌륭한 자료집이라고 생각한다. 열두 권으로 시대별로 국가별로 되어 있어 그 시대의 생활사가 잘 설명되어 있다. 아이들과 함께 그림과 사진만 봐도 역사 공부에 큰 도움이 되는 책으로, 3월 신학기 행사 때 곰곰이 책방에서 가장 많이 판매한 책으로 기억한다.

《어느 날 내가 죽었습니다》는 청소년 소설 시대를 열었다. 이경혜 작가인데 제목은 섬뜩하고 시제가 맞지 않았으나 읽어 보면 주인공이 쓴 일기의 한 대목이라는 걸 알 수 있다. 내용은 현실적이면서 신선했다. 이 책은 중학교 아이들 사이에 화두가 되어 스스로 구매하는 책이라 의미 있었다.

이후 이금이 작가의 《유진과 유진》이 나왔는데, 이름이 같은 두 여자 아이가 유치원에서 성추행을 당하고 헤어져서 중학생이 되어 우연히 만나는 이야기로 시작된다. 성추행 사건에 대처하는 방법이 달랐던 두 아이 엄마의 입장과 아무 것도 모르고 상처를 입어야 하는 유진과 유진은 스스로 문제를 해결해 나가야 하는 숙제를 안게 된다. 이 책은 두고두고 스테디셀러로 남을 수밖에 없는 작품이라 할 수 있다.

제목부터 관심을 끈 청소년 소설 《시간을 파는 상점》(김선영)은 소방관으로 목숨을 잃은 아버지와의 시간을 그리워하며 사이트를 여는 여고생의 이야기다. 시간은 한 번 흘러가면 되돌릴 수 없는 것이라, 대신 시간을 내어 고민을 해결해 준다면 그 일은 가치 있다는 생각을 하게 되는 작품이었다. 작가는 10년 무명생활을 보내고 이 작품으로 알려지게 되었고, 2019년에 《시간을 파는 상점 2》가 8년 만에 나왔다. 독자층이 두터워 반응이 기대 이상이었고, 후편도 역시 좋았다.

이외에도 추억의 어린 시절을 되돌아 볼 수 있는 신영식, 오진희 부부의 만화 '짱뚱이 시리즈'는 어른들뿐만 아니라 선생님들과 아이들 모두 푹 빠져서 볼 수 있는 책이었다. 어린 시절 놀던 이야기, 명절 보내기, 고향 이야기 등 친근감 있고 귀여운 짱뚱이 시리즈 만화를 보고 내용을 다 외우는 아이들이 귀여운 시절도 있었다.

종종 학교 추천 만화로 꼽히는 《맨발의 겐》(나카자와 케이지)은 2차 세계대전 때 히로시마 원자폭탄 피해자였던 만화가 겐이 커서 어린 시절 이야기를 만화로 그린 작품이다. 전쟁의 참상이 무엇이고 평화가 무엇인지 깨닫게 해준다. 소장 가치가 있어 아이들과 부모들이 작품의 완간을 몹시 기다리면서 보기도 했다.

이렇듯 책방은 좋은 책들과 추억을 하나둘씩 쌓아가고 함께 책 이야기도 하고 감동을 주었던 사람들과 지난 이야기도 할 수 있어 좋다. 그래서 기억에 남는 책들은 계속될 것이다.

책방의 진화

（10）

시대에 맞는 관리 시스템

책방을 열려고 준비하는 책방지기들은 보통 서가 구조와 추천 목록에 집중한다. 눈길과 손길이 많이 가는 메인 코너에 바짝 신경 쓰게 된다.

그런데 디지털보다는 아날로그를 더 좋아하는 사람들이 책방을 차리기에 시스템 구축에는 신경을 잘 쓰지 않는다. 예를 들면, 예전에는 공책에 판매 도서를 기록하던 시절이 있었다는데 팔린 금액을 써놓고 카드기 정도를 구입해놓았다. 책방 회원으로 가입하면 가입비를 받고 책 구입비에 맞춰 쿠폰을 발행하고, 하는 일과 행사 안내, 행사 끝나고 쓴 소회, 책 소개 글 등을 담은 소식지를 마스터 인쇄를 해 회원들에게 보내던 시절도 있었다.

그러다가 휴대폰이 일반화되고 손으로 무언가를 써서 우편으로 보내는 것보다는 휴대폰으로 문자를 보내는 것이 편해졌다. 이제 행사나 프로그램에 참여 신청을 원하는 사람들에게는 문자를 발송하는 것으로 바뀌었다. 편해진 만큼 서로 간의 정은 기계로 인해 조금씩 멀어져 갔다.

　인터넷으로 소식을 전하는 방법은 여러 가지가 있다. 다음 카페에 가입을 시켜 회원들끼리 책 소개도 하고 카페지기의 글을 읽어보게 할 수도 있었다. 책 사이트나 책방 사이트도 열어 이름만 검색하면 나오도록 홍보도 했다. 하지만 사이트 운영을 하다가 게시판에 이상한 글들이 오르기 시작하면 관리가 안 되고 하루아침에 사이트가 무너지는 경우를 종종 봤다. 그래서 사이트를 관리해주는 회사가 있는 것이 좋겠다 싶어 곰곰이 책방의 경우는 15년 이상 관리비를 주고 유지해왔다. 물론 관리비 안에는 SMS 문자 발송비도 포함되어 아주 유용했다.

　하지만 사이트 운영도 시대에 뒤떨어지는 느낌이어서 게시판 조회수 정도로는 만족할 수 없었다. 그래서 네이버 블로그 운영으로 바꾸었다. 계속 업데이트를 하면서 이웃 블로그들이 많아지고 방문자 수도 꾸준히 늘게 되었다. 곰곰이 블로그에 작가 강연회를 올려놓고 네이버 동네책방에 신청해 놓으면 일주일가량 홍보가 된다. 물론 그렇다고 곰곰이 신문이 나오지 않는 것은 아니다. 아무리 시스템이 잘되어 있어도 종이 신문으로 행사 내용이나 글을 읽어보는 것은 회원들에게 큰 기쁨이다.

블로그만 유지하면 범위가 좁아 페이스북이나 인스타그램으로 책방 내부 정경, 행사와 기록, 책방지기의 일상을 사진이나 글로 올려 책방에 대한 이미지를 만들어 나가기도 한다. 사이트나 홈페이지는 멈춰진 느낌인데, 페이스북이나 인스타그램에서는 실시간 댓글이 달리면서 소통이 빨라진다. 소모임이 늘어나고 스터디나 공지사항이 많은 책방이라면 밴드를 만들어 구체적인 사항들을 예시하고 부탁도 할 수 있어 더 친근감이 든다.

그런데 책방 회원 관리 시스템은 좀 더 체계적으로 가는 게 좋다. 우리는 책방에 누군가가 처음 왔을 때 구경 왔거나 가끔씩 올 분 같으면 책을 정가대로 판매하고, 가까이 살거나 책에 관심이 있어 자주 올 것 같으면 회원제를 추천한다. 회원제는 가입비가 있지만 적립이나 할인 혜택이 있고, 주소와 연락처를 입력해 재방문 시 회원 관리가 된다.

책방 전산 관리 시스템에는 회원들이 구입한 목록이 저장되어 재방문 시 전에 산 책이 무엇인지 찾아볼 수 있다. 그리고 회원 취향이나 독서 방향도 알 수 있어서 책 추천하기에 수월하다. 회원들 입장에서도 그동안 자기가 구입했던 목록이 저장되어 있기 때문에 집에 있는 책인지 기억이 안 나면 책방 시스템에서 확인할 수 있다.

카드기만 사용했을 때는 영수증에 금액만 있고 내역이 나오지 않아 불편했는데, 이렇게 시스템을 바꾸니 목록과 금액, 적립, 할인액이 찍혀 일의 능률이 올랐다. 물론 설치 비용이 300만 원 정도 들었고 매달 관리비가 고정적으로는 나가며 두루마리 영수증 종이도 사야 한다. E 정보 시스템은 재고 파악, 기간별 매출 비교, 개인 구매 목록과 금액을 다양한 형식으로 볼 수 있어서 계속 새로운 방법을 익히기에도 좋은 편이다. 책방지기들한테 고정 지출은 부담이 크지만 고객 관리 차원에서 어느 정도 회원들이 늘어나면 파이를 키울 필요가 있다. 관리가 잘 되는 서점은 믿음이 가고 재방문 횟수가 늘기 때문이다.

2020년처럼 코로나 바이러스가 대유행일 때는 은행과 협약하여 비대면 결제 시스템을 동원하는 것이 좋다. 그러면 서로 만나지 않아도 카드 결제가 되어 편리하기도 하고 위생적이기도 하다.

행사가 있는 경우, 지난 행사 방문자 명단을 파악해 행사와 잘 맞을 것 같은 회원들에게 따로 연락을 드리고 권할 수 있어서 좋다. 행사 모객 명단은 따로 보관해서 미리 연락을 드릴 때가 많다. 주로 책방을 자주 오고 책을 좋아하는 분들이다.

스마트탭 관리 시스템과 엑셀 파일, CCTV와 QR코드

곰곰이 책방이 지금까지 잘 유지된 것은 고정으로 매달 책을 챙겨주는 북클리닉 회원제가 있기 때문이다. 책만 다섯 권 이상 선정해주면 되는 줄 알았는데 시스템 때문에 많은 착오가 생길 거라고는 상상도 못했다. 곰곰이 책방 북큐레이터가 직접 상담하고 아이한테 잘 맞는 책을 포장해서 보낸다고 생각했다. 그런데 전화상으로 선정 목록을 불러주다 보니 목소리도 발음도 정확치 않고 같은 제목 다른 책일 때도 있었다. 책이 많은 집은 그 책이 집에 있는지도 바로 확인이 안 되었다. 다음 방안으로는 문자 메시지로 목록을 보내 확인을 받았는데 이 또한 책 제목만 보고 확인이 잘 안되었다.

결국, 우리 부부는 북클리닉 전용 스마트탭으로 관리하는 것이 좋다고 생각했다. 북클리닉 회원들과 카톡으로 연결이 된다면 책 제목 중복도 확인할 수 있겠다는 생각이 들었다. 그래서 스마트탭을 사다가 그 쪽으로 엄마들과 상담을 하고 사진을 찍어 책을 확인하기도 한다. 이 시스템이 지금으로는 시행착오를 덜 겪을 수 있고 책 목록 확인이 정확하게 될 수 있다. 비록 한 달 통신료가 나가더라도 관리하는 데 도움이 많이 된다.

한편 남편은 곰곰이 책방의 매일매일 수입과 지출을 25개 항목의 엑셀 파일로 정리하고 분류해서 관리하고 있다. 꼼꼼히 관리하다 보면 항목마다 그래프가 그려져 어느 부분에 과소비를 했고 어느 부분을 절약했는지 알 수 있다.

책방을 잘 운영하려면 관리에 초점을 두어 수입과 지출을 잘 조절해야 한다. 그렇게 해서 운영이 잘되면 문을 열고 책방에 들어오는 분들이 책을 꼭 사지 않아도 부담이 없을 것이다.

또 책방 강좌나 북클리닉 현금 결제 관련해 오해가 생길 때도 있다. 그럴 때를 대비하여 매장 내에 CCTV를 설치해 고객과의 마찰을 줄이는 것도 좋다. CCTV는 메인 사무실에서도 항상 매장을 볼 수 있고 해외출장 시에도 책방 내부가 궁금할 때는 스마트폰과 연결해서 볼 수 있다. 처음에는 직원 감시용이 아니냐는 오해도 받았지만 오히려 카운터 선생님의 억울함도 풀어주고 드나드는 고객 관리도 되어 서로 조심할 수 있어 도움이 많이 되었다.

2020년에는 코로나 바이러스가 크게 유행하다 보니 비대면 결제 시스템이 은행마다 되어 있어 사업자 번호와 업체명을 등록하여 집에서도 결제가 가능하니 방문을 꼭 하지 않아도 된다. 방역 때문에 국가에서 출입명부 확인을 하자고 할 때는 QR코드를 스마트탭에 설치하여 출입할 때 스마트탭으로 인증해 보건복지부에 바로 확인을 하는 것이 좋다. 수기 명부는 번거로울 뿐 아니라 개인정보 유출도 걱정되기 때문이다. QR코드 가맹점을 하면 지역 상권과 연결되어 할인 혜택도 있다.

책과 함께하는 굿즈

출판사 굿즈의 효용성

출판사 굿즈는 책을 홍보하기 위해 만든 기획 상품을 말한다. 홍보용으로 만들었기 때문에 무료였다가 인기가 많아지면 상품의 질을 높여 유료화하는 경우도 있다. 작가들의 꿈은 자신의 작품 캐릭터가 굿즈로 나왔을 때 캐릭터 상품이 되어 부수입을 올리는 것이다. 특히 그림책 작가의 경우는 원화 전시회나 강연회 때 본인이 만든 굿즈를 시판해본다. 그런데 굿즈의 종류를 잘 선택해야 한다. 전시회가 끝나도 굿즈만 남는 경우가 허다하다.

인터넷 서점에서는 새 책이 나왔을 때 굿즈와 함께 시판하는 경우가 많다. 독자 입장에서는 어차피 책을 구입할 거라면 살 목록을 메모해 놓았다가 굿즈와 함께 받으려고 한다. 때로는 굿즈 때문에 책을 더 구입하는 경우마저 있다.

단행본 책을 구입할 때 독자들은 책에 집중한다. 그동안 기다렸던 작가의 책이라면 당장 책을 구입하게 되는데, 한번은 ○○문고에 책을 주문하고 찾으러 갔다. 그런데 온라인에서 그 책을 두 권 사면 예쁜 머그잔을 두 개나 주는 것이었다. 그 머그잔은 돈 주고도 살 수 없고, 마음에 드는 글귀가 들어간 잔이라 더 연연하게 되었다. 오프라인으로 산 것이 후회가 되기까지 했다. 이렇게 되면 동네책방은 책을 판매해도 줄 수 있는 굿즈가 없어 속상하고 인터넷 서점과 비교되어 독자들에게 할 말이 없어진다.

어린이책 출판사들도 한때는 여러 굿즈를 선보이면서 독자의 반응을 보던 시절이 있었다. 물론 그림책 작가들과 함께 상품을 골라보고 판매가를 정해보기도 했다. 그림책 주인공이 담긴 작은 액자를 한정본으로 팔기도 하고, 인프린팅하고 번호를 매겨 액자에 담아 전시 기획자가 경매하듯이 하나하나 팔기도 했다. 우리 책방에는 그런 그림 포스터와 엽서 등을 모아놓은 보물창고가 있다.

아이들 키우면서 좋았던 굿즈는 퍼즐과 가방이었다. 퍼즐은 자기가 좋아하는 그림책의 한 장면이므로 그림 조각을 맞춰나가면서 완성하는 기쁨을 얻게 된다. 그리고 동화책 작가의 책 제목이 들어간 천가방은 앙증맞기도 하고 가볍게 들고 다닐 수 있어 실용적이었다. 작은 사이즈라 아이들이 들고 다니면 홍보 효과도 있고 부러워할 것 같아 아직도 보관하고 있다.

모아놓은 굿즈를 보면 책에 대한 추억도 함께 쌓이는 것이라고 생각한다. 하지만 그것 때문에 불필요한 책까지 산다면, 주와 부가 바뀐 사치가 아닐까 그런 생각도 해본다.

오래 전 미피 인형에 빠져서 아가월드 출판사 사옥에 갔을 때 인형을 종류별로 사가지고 온 적이 있었다. 미피의 옷과 몸 색깔이 고급스러웠고 예뻐서 책방에 전시하고, 열쇠고리나 작은 인형은 판매용으로 진열한 적이 있었다. 아이들이 책방에 와서는 "미피다." 하며 좋아서 펄쩍펄쩍 뛰고 난리가 났다. 그런데 전시용 인형을 보고 포장해 놓은 미피 인형을 사달라고 떼쓰기 시작하여 울음을 그치지 않았고, 엄마는 인형 가격을 물어보고 화가 나서 그냥 나가 버렸다. 다음 날도 똑같은 일이 일어났다. 결국은 한 엄마가 이런 말을 했다. "책방에 책을 사러 왔는데 인형을 팔면 어떡해요? 아이가 인형 때문에 난리가 났잖아요." 책방 운영자로서 인형들을 다 거두어 창고에 넣어버렸다. 그 뒤로 곰곰이 책방에서 판매용 굿즈는 없어졌다. 엄마들이 책을 사러 온 것이지 캐릭터 상품을 사러 온 것이 아니었다.

그래도 출판사에서는 신간이 나오면 굿즈를 정성스럽게 작은 상자에 담아 신간과 함께 보내준다. 그러면 한데 모았다가 시기를 봐서 '굿즈 대방출'을 할 때가 있다. 아이들도 좋아하고 어른들도 좋아한다. 보물 전시회를 한 듯한 느낌이다.

만약에 굿즈를 따로 모아 전시하고 판매한다면 실용적이면서도 캐릭터가 살아 있고 재질이 좋으면 좋겠다. 해외에 나가 책방에 가면 꼭 들르는 코너가 굿즈가 있는 곳이다. 귀한 인형 소품들을 구해올 때도 있고 컵이나 에코백 등 다양한 굿즈를 사가지고 온다. 그 중에는 프린트로 캐릭터를 살릴 때도 있지만 캐릭터 모양이 바로 상품이 될 때도 있다. 《바바빠빠》(아네트 티종, 탈루스 테일러)라는 그림책의 주인공들을 수건 천지갑으로 만들어 판매했는데 재질도 좋고 예뻐서 색깔별로 사 가지고 왔다.

자크가 있는 지갑이나 필통, 작은 책가방 등은 실용적이라 유료화되어도 사랑받을 것 같았다. 이외에도 여행 가방 이름표도 출판사 굿즈로 올 때가 있었다. 드로잉 노트는 기존 노트보다는 작고 수첩보다는 큰 크기라 휴대하기 좋고 쓰기도 좋았다. 유아나 유치부 아이들은 그림책 주인공들이 나오는 스티커 모음이나 퍼즐, 낱말카드 등 가지고 놀 수 있는 것을 좋아했고 그림카드도 좋아했다.

실용적인 굿즈의 유료화, 가능할까?

굿즈의 종류가 다양해지다 보면 책방 안의 굿즈 코너가 서가보다 커질 수 있다. 굿즈의 가격이 얼마냐에 따라 굿즈가 팔리고 안 팔리고 결정되기도 한다. 책방의 위치에 따라 굿즈의 효용성에 대해 조사해 볼 필요가 있다. 책방에 오는 대상이 누구냐에 따라 굿즈 코너의 면적이 결정된다.

그림책 카페 겸 책방의 경우는 모임 장소로 카페 공간을 빌려주기도 하는데, 그림책 주인공을 새긴 머그잔이나 그림 등 여러 굿즈들이 잘 전시되어 있다. 출판사에서 운영하는 그림책 카페는 작가들의 캐릭터 사업을 도울 겸 여러 굿즈들을 만들기도 한다. 그림책 주인공 인형이나 에코백도 판매한다. 그림책을 좋아하는 마니아가 많이 오고 있어 굿즈가 반응이 있다고 할 수 있다. 굿즈가 유료화되어 팔린다면 작가들에게는 2차 저작권에 관한 사항을 다시 쓸 수 있는 기회가 온다.

1년 동안 계절별로 실용적인 굿즈만 만들어 판매를 시도해본다면, 1월에는 새해 달력 준비해보는데 유료로 할 만큼 가치 있게 만들어야 한다. 그림과 글이 돈을 내서 갖고 싶고 선물하고 싶을 만큼 경쟁력이 있어야 한다.

2월에는 노트북 케이스나 휴대폰 케이스가 좋을 것 같다. 새 학년 새 학기가 되었을 때 먼저 준비하는 항목일 수도 있기 때문이다. 3월에는 필통, 지갑, 에코백을 제작해보는 것도 좋다. 홍보용도 되고 직접 사용할 수 있는 것도 좋다.

4월에는 예쁜 파일이나 테이프, 그림엽서나 스티커 등을 판매해본다. 5월에는 가정의 달인만큼 좋은 글귀를 적은 책갈피와 손수건을 제작해보고, 6~7월에는 자연 그림이 들어간 흰 티셔츠가 많이 판매된다. 치수 조절을 잘 해야 재고가 안 남는다.

8월에는 예쁜 물병이나 텀블러 제작이 괜찮고, 9월에는 다용도 파우치도 좋다. 10월부터 11월까지는 머그잔이나 커피 잔도 괜찮고 성능 좋은 펜이나 집에서 쓸 수 있는 포스트잇도 좋다. 12월에는 노출 제본 다이어리나 무릎담요도 괜찮다.

이렇게 계절과 시기에 맞게 크게 무리하지 않으면서 굿즈가 나온다면 책 대신 소소한 판매가 모여 책방을 유지하는 데 기여할 수 있을 것이다.

책방의 유혹들

(12)

좋은 책의 범위, 어떻게 정할 것인가?

책방을 여는 책방지기라면 공간 대비 서가는 어떻게 할 것인지, 어떤 책을 얼마만큼 구비할 것인지 고민할 것이다. 평소 책을 좋아하기에 책방을 차리는 거지만 막상 초도 물량을 확보하려면 예산부터 맞춰야 한다. 내 취향도 중요하지만 책방 위치와 오는 독자층을 고려해서 책을 들여놓아야 한다.

인문·사회 도서만 넣을 것인가, 아니면 건강한 먹거리와 건축에 관한 책만 들여놓을 것인가, 지역에 관한 책과 인물에 관한 책을 들여놓을 것인가 등 테마를 정해야 하는 책방도 있다.

독자 대상을 정해 놓고 그에 따라 책을 정하는 책방도 있다. 시인이

나 그림책 마니아를 위한 책방도 있고 실버를 위한 책방, 어린이·청소년을 위한 책방, 여행가를 위한 책방 등 독자층이 확실한 책방이 되고자 자기 색깔을 갖는 경우가 있다.

색깔을 정하면 책을 분류해 들여놓는데 본인이 가장 자신 있는 책들부터 들여놓고 그다음에 어떤 책들로 서가를 채울 것인지 고민해야 한다. 좋은 책의 기준과 범위에 대해 책방지기는 고민을 많이 해봐야 한다. 개인 소장고가 책방이 되어서는 안 되기 때문에 신중하게 목록을 정해야 한다. 예를 들면 성인 책의 경우 작가 경력, 문장 흐름, 번역 상태, 독자층과 표지 디자인, 사진과 삽화 등을 두루 살펴야 한다.

책방에서 나름 책 평가 기준이 있다면 몇 점 이상이 되어야 책방에 꽂힐 수 있는지 결정해야 할 것이다. 이러한 결정은 책방지기 혼자 할 수도 있지만 책방지기 주위에 신간 원고 팀이 있거나 책에 조예가 깊은 사람이 있다면 도움을 받는 것이 좋다. 또한 책방지기의 편독을 깰 수 있는 기회를 갖는 것도 좋다. 좋은 책을 소개하고 스터디도 할 수 있는 모임이 있다면, 책방에 책이 들어올 때 도움이 될 것이다.

책은 아이들이 태어나듯이 매일 끊임없이 탄생한다. 출판사 대표나 편집자들은 책방이나 도서관에 가서 자신이 만든 책들을 "내 새끼 어디 있나?" 하며 찾는다고 한다. 그만큼 애정을 갖고 만드는데, 책방에서 한 권도 발견하지 못하면 상처를 입게 된다. 그런 책들을 열심히 발견하고 읽어서 옥석을 가려 추천해야 하지 않을까 그런 생각을 하는데, 다 서가에 꽂을 수는 없다. 의욕이 넘치는 책방지기의 눈에 들어

주문을 넣고 서가에 꽂아두었다가 사시사철을 다 겪고는 반품할 수밖에 없는 책들도 부지기수다. 지금은 곰곰이 책방이 반품이 없는 구조지만 처음 책방 차려서 10년간은 반품할 때마다 작가에게 '어렵게 만들었는데 반품을 하게 되었습니다. 죄송합니다.'라고 기도를 했다.

곰곰이 책방도 매달 책을 입고할 때마다 서가의 한계를 느끼며 꼭 있어야 할 책들을 놓칠 때가 많다. 신간으로 채우기 시작하면 구간 중 좋은 책들이 자리 잡을 곳이 줄어들기 마련이다.

단행본 출판사에서 나오는 책들도 많아 선별하기 힘든데, 그 중에서도 학습만화를 어디까지 들여놓아야 하나 고민하는 데도 있을 것이다. 학습만화라고 해서 다 안 좋은 것은 아니기에 추천할 수 있는 만화와 굳이 추천 안 해도 되는 만화를 구분해 들여놓아야 한다. 전집 출판사에서 단행본 파트를 만들어 출판을 했을 때 어디까지 들여놓아야 할지도 결정해야 한다. 팔리기만 한다면 들여놓을 수 있는데 범위는 정해 두어야 한다. 곰곰이 책방은 독자층을 어린이·청소년으로 하고 있어 일단 아이들 위주로 추천하다 보니 책방에 오는 이들이 어른들을 위한 그림책을 사야 하는 이유를 잘 모르고 있다. 그런 경우 좋은 책인데도 판매가 안 되어 서가에 많이 꽂혀 있다.

전자는 만화와 전집 판매의 유혹이고, 후자는 내가 겪는 문제를 책으로 푸는 것이니 스스로 만든 유혹이라 할 수 있다. 그래서 책을 들여놓을 때는 주위의 도움이 필요하다. 주위에 신간 원고 팀이 있다면 정기적으로 모여 이 책이 우리 책방에 들어와야 하는 이유를 따져가며 들여놓는 것이 좋다. 동네책방은 신간 베스트셀러보다는 책방에 잘 어울리는 목록으로 채워 꾸준히 나가는 스테디셀러가 많은 게 좋다.

신간 중에 좋은 책 목록을 결정하면 주문을 하는데 매달 그러다 보면 구간 중 꼭 있어야 하는 좋은 책을 놓칠 때가 있다. 그런 경우는 따로 주문서에 목록을 써놓고 늘 서가에 구비할 수 있도록 신경 써야 한다. 곰곰이 책방의 경우는 곰곰이 식구들과 밴드를 만들어 놓치는 책은 다시 추천하기도 한다. 그래도 놓치는 책이 있어 곰곰이 신문에 추천했던 목록들을 다시 점검하고 출판사별 작가별로 수시로 누락된 책이 없는지 살펴본다.

좋은 책의 범위가 정해지면 책방지기가 선호하는 분야도 꾸준히 신경 쓰고 주위에서 추천하는 책들도 검토해야 한다. 그런 다음 책방을 드나드는 독자층에 맞게 좋은 책을 골라 부지런히 갖추는 게 중요하다.

계속되는 창업 상담과 체인점의 유혹

평소에 책방 가는 것을 좋아했던 사람들이 책방을 창업하는 경우가 많다. 창업은 인생의 새로운 전환점이기에 신중해야 한다. 처음 임대 2년 계약을 해서 책방을 운영하다 보면 계속해야 하는지 고민하게 된다. 본업인 경우 좋아하는 분야라 스스로 아이디어를 내고 많은 프로그램을 시도해보는데, 부업인 경우는 애쓰지 않는 경우가 많다. 책방을 열겠다고 하는 분들이 이거 아니면 안 된다는 생각으로 시작해도 임대 2년 계약은 부담이 크다. 보통 6개월에서 1년 운영하고 안되어 문을 닫는 경우가 많으니 개업 전 철저한 시장조사가 필요하다.

책이나 방송 등 언론에 나온 책방들은 끊임없이 책방 창업 상담에 시달릴 것이다. 그래서 요즘은 아예 문화센터나 서점연합회에서 서점학교라는 강좌를 열어 창업을 돕고 있다. 그곳에서 볼 수 있는 서점은 성공 사례가 많아 무척 희망적으로 느껴질 테다.

책방이 어느 정도 자리를 잡으면 창업 상담을 하러 예약을 하고 오는 분들도 있고 그냥 들른 김에 상담을 원하는 분들도 있다. 곰곰이 책방은 해운대에 있다 보니 관광 겸 오는 분들이 많아 한동안은 일요일에 예약을 받아 일부러 나와서 창업 상담을 한 적도 있었다.

곰곰이라는 이름을 달고 책방을 열고 싶어 했던 분들이라 한참 상담을 할 수밖에 없었다. 우리 부부가 처음 책방을 열었을 때는 체인점 계약보다는 다른 책방 구조를 참고만 했는데, 의외로 가맹점 계약을 원하는 분들이 많았다.

그래서 창업 상담을 할 때마다 그분들이 신기했다. 하고 싶은 프로그램이 많고 잘할 수 있을 것 같은데 '곰곰이'라는 이름이 필요한 이유는 뭘까 그런 생각이 들었기 때문이다. 오히려 곰곰이 책방과 계약을 맺으면 공통 이미지라는 것이 있어서 제약이 많다는 것을 모르는 것 같다. 지역 상관없이 같은 이름으로 책방이 생기면 회원들이 여러 가지 이유를 대면서 비교를 한다. 그리고 프로그램이든지 특강, 작가 강연회 등 곰곰이 신문이 있어 함께 진행되어야 하기에 부담이 커진다. 주위에 이런 프로그램을 진행할 수 있는 인재들이 있다면 오히려 고마운데 그렇지 못하다면 본점과 체인점의 차이를 들먹일 것이다.

만약 곰곰이 책방 체인점이 있다면 어떨까? 곰곰이 책방 체인점에 들렀는데, 책장 매대에 역사 학습만화 시리즈가 놓여 있을 경우에 어떻게 해야 할까? 회원이 베스트셀러니 갖다 놓으라고 해서 판매한다면? 그렇지만 대형마트 매대와 어린이 책방 매대의 책이 똑같다면, 곰곰이 책방이 있어야 하는 명분이 서지 않는다. 책방은 수익 구조도 중요하지만 어떤 책들이 있는지 그 이미지와 내실이 잘 어우러져야 한다. 역사 학습만화라고 해서 모든 책들이 유해도서는 아니다. 만화 위주로 책들이 들어와 판매가 이어진다면 일시적으로 판매 실적은 좋아지겠지만, 장기적으로는 곰곰이 책방 이미지 훼손과 방문자 감소·매출 하락으로 이어질 테다. 무엇보다 전문성이 떨어지고 참고서 파는 일반서점과 다를 바가 없게 된다.

체인점이 많아지면 곰곰이 책방은 가맹비도 받고 회원들이 많아져 책방 인지도도 커지고 잠시 목돈은 들어올지 모르겠다. 그러나 관리 시스템 때문에 체인점주들과 의견이 안 맞아 서로 부딪치는 일이 많아질 것이다.

그래서 되도록이면 책방 창업자는 체인점 가입을 먼저 생각하지 말고 책방 이름도 정하고 자기가 잘하는 프로그램도 만들어보고 행사도 기획해 가면서 책방을 여는 것이 좋을 듯하다. 그렇게 일 년 정도 운영을 해보면 자신감이 생길 것이다. 창업 전 책방 실태 조사를 충분히 한 다음 자기만의 색깔을 가지고 한다면 체인점 책방을 하는 것보다 바람직하다.

책 배치에 대한 유혹

책방지기들이 창업을 하고 나면 여러 가지 이유로 고민을 많이 하게 된다. 그 중에 하나가 책 배치에 대한 고민이다. 책방지기의 역할 중에 하나가 북큐레이션인데, 그 일을 하다 보면 본인 선호가 우선되는 경우가 많다. 처음 1년간은 그렇게 배치를 해보지만, 매달 신간이 나왔을 때 어떻게 소개할지 고민하게 된다. 그리고 가끔씩 책방 광고를 해준다든지, 출판사에서 책꽂이를 받는다거나 신간을 기증받게 되면 책방은 다시 무언가를 갚아야 한다고 생각한다.

책 배치는 일반적으로 신간 작업을 한 다음 새로운 책들을 소개하는 코너부터 챙기게 된다. 또 책방마다 다달이 책방지기가 소개하고 싶어 하는 코너가 있으면 따로 작품을 골라 본다. 예를 들면 이달의 작가라든지 이달의 소재나 주제를 정해 따로 책을 골라보는 경우가 많다.

어린이·청소년 책방은 그림책이 많아 신간 증정도 많은 편이다. 출판사에서 보내 준 신간을 구입 전에 미리 볼 수 있는 견본 코너도 있고, 1년에 3~4회 정도는 작가와의 행사가 있으며 독서 강좌들도 있어 관련된 책 배치나 주문 목록을 정할 때가 많다. 이때 책방지기들은 많은 유혹에 빠질 것이다. 일단 책 입고율이 낮은 책들을 선정해서 이윤을 남기려고 하는 경우도 있고, 이윤이 많은 책들을 전면에 배치할 수도 있다. 이는 대형서점 주요 매대 자리를 출판사와 거래해서 책을 배치하는 경우와 똑같다. 좋은 책을 골라 집중해서 소개해야 하는데, 이윤이 많을 것 같은 책을 선택해서 팔면 조금 지나 문제가 생긴다.

또한 광고나 후원을 해주는 출판사 책이 있다면 그것도 유혹이 될 때가 있다. 여러 출판사에서 나온 별자리 책 중에 한 권을 정해 별자리 캠프에 참여하는 아이들에게 줄 경우, '만만한' 출판사의 책을 고를 수 있다. 아이들의 숫자가 많으니 참가비로 책도 선물하고 캠프 비용으로도 쓰게 되었다. 그런데 그 책방지기는 선정한 별자리 책의 출판사 영업사원을 캠프 도우미로 참여하게 했다. 책을 많이 사주었으니 영업사원이 캠프 뒷바라지를 하라는 것이었다. 게다가 책방 주요 코너는 입고율이 낮은 책부터 우선 배치가 되어 객관성을 잃게 되었다. 결국 책방은 출판계에 악명 높은 곳으로 이름이 나버렸고 문을 닫게 되었다. 그때는 책방 문을 연 지 얼마 안 된 시기라 그 책방 일을 반면교사로 삼게 되었다.

처음 책방을 열었을 때 S유통과 계약하고 책을 주문해 보니 입고율이 5퍼센트가 낮은 출판사가 있었다. 이유를 물어보았더니 주주 출판사라 입고율이 낮았고 그것은 우리에게 큰 혜택이라고 했다. 그 출판사는 어린이책의 선두 주자였고 모든 책을 믿고 구매할 수 있어서 정말 행운이라는 생각까지 하게 되었다. 그리고 대형 출판사들이 주주여서 가장 믿음이 가는 유통이라고 했다.

당시에는 그랬는데 10년이 지나고 20년이 다 되어갈 때쯤은 작은 출판사에 책값을 지불하지 않는 유통으로 자리 잡고 있어 출판사들이 S유통 거래를 끊기 시작했다. 주주출판사들이 무색할 정도로 책 거래도 원활하지 않게 되었다. 처음 책방을 열었을 때는 입고율이 낮은 출판사 책들을 어린이 책방들이 많이 주문했다. 그러나 그 출판사가 어린이책 선두 주자이기는 했지만, 1년에 한두 권밖에 안 나올 정도로 출판이 저조해서 점점 주문이 줄고 나중엔 입고율 낮은 것도 잊어버렸다.

입고율 때문에 어느 출판사 책을 선호한다든지, 반품이 안 되기 때문에 주문 신청을 안 한다든지, 그런 일들은 책방 안에서 비일비재하게 일어나기도 한다. 책방에서 책 배치는 굉장히 중요한 문제인데 책방지기의 마음에 들어온 책들이 올라오기도 하지만 출판사와 유통 조건에 따라 달라질 수도 있다.

입고율도 한 몫을 하지만, 반품이 되는 책인지 아닌지도 중요하다. 출판사에서는 반품 들어온 책들 때문에 골치가 아플 지경인데, 책방에서는 반품이 안 되는 책들을 관리하는 것이 쉽지 않다. 평가가 좋은 책이 나와 메인 코너에 배치하면 사람들이 계속 책을 열어보게 된다.

그런데 막상 책을 살 때는 "새 책 없어요?"라고 요청해 따로 꽂아놓은 새 책을 꺼내주게 된다. 책 배치는 사람들이 책을 고를 때 선택을 제안하는 일이다. 물론 구석구석에서 자신이 원하는 책을 사가는 분들이 있지만, 책방에 들어왔을 때 눈에 띄는 곳에 어떤 책들이 있는지 보여주는 코너는 매우 중요하다. 그런데 반품이 안 되는 책들을 손이 가는 메인 코너에 올리는 것은 책방지기로서는 부담이 크다.

한번은 어린이 책방이 좋아하는 작가 한 분이 강연을 하러 왔는데 여기저기 흩어진 작품들을 계약 기간이 끝나면 P출판사로 모으고 있다고 이야기했다. 그 이유는 본인이 죽고 나서 독자들이 자기 작품을 찾기 쉽게 하기 위해서라고 했다.

그런데 P출판사는 모든 유통업체에 반품이 안 되는 조건으로 책을 보냈고, 책방들은 꼭 필요한 책이 아니면 P출판사 책을 주문하기가 힘들었다. 국내 작가 작품만 출판하는 것으로 유명한 출판사였고 대표작들은 교과서에도 많이 들어갔다. 하지만 반품이 안 되니 유통업체에서 직접 돈을 주고 사와야 하는 번거로움이 있어 책방에 책이 들어오는 데도 시간이 걸렸다.

결국 작가한테도 이 사실을 알려주었다. 이후 그 작가는 다른 출판사와 계약을 했다. 좋은 취지로 출판사 계약은 했지만 반품 없이 현매로만 책을 유통시킨다면 책방지기 입장에서는 메인 코너에 책을 올려놓기가 쉽지 않다. 반품이 안 되는 책의 경우는 온라인에서 검증받고 사람들이 찾을 때 책방에서 한 권 두 권 구비하지 않을까 한다.

우리 책방에 안 어울리는 책 주문이 들어왔을 때에는 어떻게 해야 할까? 책방 서가에는 꽂을 수 없는 책이 주문 들어올 때 대부분의 책 방지기들은 "저희 책방에는 그 책이 없습니다." 하고 전화를 끊는 경우가 많다. 그렇지만 고객 관리 차원에서 따로 주문하여 구매해 갈 수 있도록 하는 것은 어떨까 그런 생각이 들 때가 있다. 어린이·청소년 책방에 만화책, 시리즈물 등을 배치하지 않더라도 주문받을 경우에는 서비스 차원에서 따로 사갈 수 있게 해주는 것도 좋다. 주문 시간만 촉박하지 않다면.

가끔씩 출판사에서 자신의 책만 꽂을 수 있는 책꽂이를 주겠다고 하는 경우가 있다. 그림책의 경우는 전면이 보여야 하니 3단 정도이고, 과학책 시리즈의 경우는 백 권까지 책을 꽂을 수 있다. 처음에는 그 출판사 책만 꽂다가, 나중에는 여러 출판사 책들을 함께 넣었다. 그런데 과학책 백 권 책꽂이는 고정되어 있지 않아 사용하다 보면 책 파손이 생기고 책방에 온 아이들이 책장 돌리기에 연연해하게 된다. 책꽂이 유혹에 선뜻 받았지만 매출에는 도움이 안 되고 공간을 차지하며 책 파손이 많았다. 결국 과학 시리즈 백 권 책꽂이는 우리 책방에서 없어지게 되었다. 그 책들은 따로 주문 판매를 하고 있다.

책방 안에서 책 배치는 그 책방의 얼굴이라고 할 수 있다. 그래서 더 신경이 쓰이고 많은 유혹이 있을 수도 있다. 책 배치의 유혹은 책방지기의 마음에 달려 있다.

개성 있고 다양한 지금의 책방들

(13)

책과 궁합이 잘 맞는 것들

책방을 차린다고 하면 주위 사람들이 의아해 하고 무척 힘들 거라며 일단 창업부터 말릴 것이다. 책 안 읽는 시대에 어떻게 책방을 유지할 것이며, 책의 범위가 넓어 대형문고도 감당하지 못하는 책들을 얼마나 구입해야 할지도 걱정이다. 그럼에도 책방을 시작한다면 어떤 책방이 좋을지 많이 다녀보고 고민도 해봐야 한다.

2000년 당시 곰곰이 책방을 준비할 때 우리 부부는 강의실(큰 것과 작은 것 하나씩)과 사무실은 있어야 한다고 생각했다. 그리고 사랑방 같은 공간보다는 신발 안 벗고 들어가는 책방을 하기로 했다. 공대 출신인 남편은 유난히 책방 구조에 관심이 많았고 무슨 일이든 분류가 잘 돼 있어야 일하기 편하다고 생각하는 '정리정돈 맨'이었다. 그래서 책방 문을 열고 들어갔을 때 동선에 불편이 없어야 했다. 그리고 우리는 강의를 하는 사람들이라 강의실은 꼭 있어야 한다고 생각했고, 큰 강의실에서 우리가 하고 싶은 행사를 아늑하게 할 수 있게 프로젝터도 설치했다. 책 매장은 따로 분리했다. 지금까지도 책 매장과 강의실은 복도로 분리되어 있어 오는 회원들도 편하게 생각한다.

우리는 아이와 가족이 함께하는 책 관련 행사를 하고 싶어 많은 제안을 하고 받기도 했다. 행사는 기획 단계부터 실행 단계를 거쳐 마무리 단계까지 완성도가 높아야 참석하는 회원이나 주최하는 책방지기도 만족도가 높다. 그래서 매년 어떻게 좀 더 창의적이고 구체적인 감동을 줄 수 있을까 고민한다.

그렇게 곰곰이 책방은 사람들 머릿속에 '좋은 책도 잘 골라주고 아이들 눈높이에서 감동을 주는 그런 행사 기획을 하는구나'라는 생각이 들게끔 노력했다. 책방 창업을 준비하는 이가 있다면, 오는 분들께 '내가 제일 잘할 수 있는 것은 무엇일까?'를 심각하게 고민해봐야 한다. 그냥 개인 글 쓰는 작업실 겸 커피나 뽑아주는 카페 같은 책방이 아니라, 독자들을 위한 책방을 차려야 한다고 생각한다. 무엇이 주가 되고 무엇이 부가 되는지를 보여줘야 한다.

거리가 있는데도 일부러 시간 내서 방문하는 회원들이 뿌듯하게 책도 구입하고 방문할 때마다 책방지기에게서 무언가를 하나 더 얻어간다면 그 책방은 오래도록 기억에 남지 않을까 그런 생각을 한다. 다양한 책방들을 살펴보고 자신이 책방지기가 되었을 때 가장 잘 추천할 수 있는 분야를 정하고 책과 함께할 수 있는 분야가 하나 더 있는지 신중하게 정해야 할 것이다.

사람들이 선호하는 책방이 커피와 빵, 과일 주스를 함께 파는 곳이다. 커피 전문점이 많은데도 책방에 오는 이유는 책을 함께 보기 위해서라는 생각이 든다. 그렇지만 책방지기들이 고민하는 것은 책은 한 권도 구입하지 않고 커피 한 잔에 여러 책들을 보고 그냥 나간다는 것이다. 차나 주스를 한 잔 마셨으니 책은 마음껏 볼 수 있다는 심리가 반영된 행동일 것이다. 우리가 다녀본 출판사 사옥 카페나 북카페의 경우는 책들이 손상되기도 하고 책 매출로는 잘 이어지지 않았다. 책을 구입한 고객에게는 음료와 빵 값을 할인하는 혜택을 주는 것이 좋은 것 같다.

마포 공덕동에 있는 그림책방 겸 북카페 '이루리북스'는 접근성이 좋은 위치에 자리 잡고 있고 북극곰 출판사와 함께 운영한다. 책방 입구에는 이루리북스 사용 설명서가 붙어 있어 읽어보고 들어가도록 안내하고 있다. 안으로 들어가면 그림책이 테마별, 가나다순별로 진열되어 있고, 그림 작가 사인본과 그림책 이론서가 잘 배치되어 있다. 영어, 일본어, 중국어로 된 그림책 코너도 있어 원서 구입도 가능하고 음료와 갓 구운 쿠키, 빵, 굿즈도 살 수 있다.

테마가 있는 책방의 경우는 전문가 강의를 분기별로 하거나 정기 강좌를 열어 계속 사람들의 발길이 이어지도록 할 수 있다. 예를 들어,

여행 책만 판매하는 책방이 있다면 여행 전문가 강의를 기획해볼 수 있다. 그리고 여행 상품이나 여행할 때 필요한 소품 등의 코너를 만들어 판매해보는 것도 좋다. 또 인문학 책 전문 책방이라면 고전 읽기를 함께할 수 있는 저자와 정기 강좌를 꾸준히 해나가는 것도 의미가 있고, 답사를 함께 다녀오는 프로그램을 기획해도 좋을 것이다.

독립출판 서적과 독특한 소품들을 만들어 전시하고 판매하는 책방들이 동네마다 개성 있게 들어서는데, 적극적인 마케팅으로 독립서적들이 빛을 발하게 행사를 해볼 수 있을 것이다.

한편, 해외에서 평가가 좋은 원서들을 전시하고 그림책 작가 워크숍만 전문적으로 하는 책방도 할 수 있다. 전시 코너도 마련하고 작가와 직접 워크숍을 할 수 있는 행사도 꾸준히 한다면 출판사와 작가한테도 큰 도움이 될 것이다. 이외에도 조향사가 하는 책방도 있다. 책방에 들어가 심신을 치유해주는 나만의 향기를 골라주는 조향사가 책도 골라준다면 얼마나 좋을까. 이렇게 자기만의 주특기가 있다면 그 책방은 다른 책방이 따라갈 수 없는 매력이 있는 책방이라고 할 수 있다.

마지막으로 대형서점에 ○○○이라는 팬시용품 코너가 생기듯이, 책방에 팬시용품을 함께 놓는 것도 좋다. 직접 책방 이니셜이 들어간 굿즈를 제작해도 좋고, 다른 협업자가 소품을 만들어 판매해도 좋다. 이때 소품은 장식용보다는 실용적인 것이 좋다.

야외와 실내 공간이 함께하는 책방

책방은 단순히 책만 있는 곳이 아니라 하루나 이틀 휴가를 얻어 갔을 때 안식처가 될 수 있는 공간이길 바라는 사람들이 있다. 편하게 책을 볼 수 있는 공간이 다양했으면 하는 바람도 있다.

야외 공간인 마당에 텃밭과 꽃밭이 있으면 마음이 풋풋해질 수 있다. 실내나 실외에 놀이터도 있으면 더할 나위 없이 좋을 것이다. 책에만 집중하는 책방들도 책을 파손하지 않고 편하게 보고 사가는 사람들이 많길 원한다. 그래서 공간 활용은 굉장히 중요하다.

전체가 유치원 건물인 어린이 책방이 있었다. 출판사 영업자들에게도 홍보가 되어, 전국에서 가장 아름다운 책방이라고 취재가 되기도 했다. 특히 사진을 보면 가보고 싶을 만큼 아이들 천국이었다. 전에 유치원이 있던 건물이라 아이들은 놀이터에서 놀고 엄마들은 책방 안 카페에서 이야기를 나누면 되었다.

책꽂이와 책 배치도 전문적으로 되어 있어 들어가는 순간 서가가 눈에 띄었다. 대체로 어린이 책방은 동선을 연령별로 하는 게 편한데 그 책방은 테마별로 책을 배치했다. 예를 들면, 자연과 환경, 역사와 인물, 판타지 등등. 찾고 싶은 테마로 가서 책을 꺼내 보면 되고 그 분야의 책을 찾는 사람들에게도 책 배치가 도움이 많이 되었다. 하지만 아이들 눈높이에서 책을 찾아야 하는 경우 책 고르기가 쉽지 않고, 연령별 배치와 분야 분류가 되지 않으면 서가 앞에서 위아래만 훑다가 답답한 상황이 펼쳐질 것 같았다.

그런데 진짜 문제는 책이 아니었다. 두 테이블 정도 차를 마시는 공간이 있었고 엄마들은 그 곳에서 커피를 마시며 이야기를 나누고, 아이들은 바깥 놀이터에서 모래놀이를 하고 있었다. 그리고 얼마 후에 책방 공간으로 아이들이 뛰어 들어와 손을 대충 털고 책을 꺼내서 보기 시작했다. 그리고 책을 놔두고 집으로 가버리는 상황을 보게 되었다. 커피 값을 냈기에 책을 안 사도 된다는 명분이 생겼고, 놀이터에서 들어온 모래 먼지는 책방 여기저기 흔적을 남겼다. 같이 갔던 책방 주인들은 그동안 많은 경험을 해서 한눈에 알 수 있었다. 전국에서 가장 아름다운 서점이 되기 위해서는 많은 수양을 쌓아야 한다는 것을. 결국 그 책방지기는 책방 문을 닫고 떠났다.

책방은 그림 같은 곳이 아니다. 그렇게 되려면 치열한 무언가가 뒷받침이 되어야 하고 무언의 약속 같은 것이 있어야 한다. 책방지기가 처음에 계획했던 내부 구조와 내용이 잘 갖추어지면 좋겠으나 그렇지 못하면 조금씩 수정해가며 내실을 기해야 할 때가 있다.

부산에는 '책과아이들'이라는 어린이·청소년 책방이 있다. 그곳은 책과 관련된 행사를 두루 할 수 있는 복합 문화공간이라 할 수 있다. 마당이 있어 아이들이 뛰어놀 수도 있고 바깥 행사도 할 수 있어 좋다. 1층 책방으로 들어가면 큰 모임방과 다른 한쪽은 책을 살 수 있는 공간이 있다. 위로 올라가면 독서 강좌를 할 수 있는 공간과 그림책 슬라이드 극장도 있어 아이들이 강좌를 들으러 오고 유치원 아이들은 그림책 슬라이드 견학을 오기도 한다. 책방 운영자가 가장 공들이고 그림 작가들이 좋아하는 전시 공간도 있다. 그림책 원화 전시회를 개성 있게 할 수 있어 귀한 공간이다. 또 북스테이를 하고 싶거나 워크숍을 하고 싶을 때 사용할 수 있는 공간도 있어 책방지기가 꿈이라면 롤 모델로 삼는 책방이라 할 수 있다.

괴산에 있는 '숲속작은책방'은 부부가 하는 책방으로 숲속 주택을 개조해서 만들었다. 주말에 북스테이가 가능한 곳으로 마당이 있고 주위가 산이라 공기도 좋고 밤하늘의 별도 많다. 이제는 책방 명소로 자리 잡았는데, 독특한 것은 1인 1책 구입이라는 거다. 주위에 놀러왔다가 그냥 둘러보는 사람들이 너무 많아 그런 조건을 내세웠다. 실제로 책에 관심 있는 분만 매장에 들어오고, 그렇지 않는 분들은 마당에서 좋은 공기를 마실 수 있는 책방이다. 고양이 두 마리도 대표 부부 못지않게 유명하다. 마을 사람들과 함께 야외 행사도 하고 책 모임도 하며 학교에서는 책방 견학을 오고 있다고 했다. 간단한 체험 프로그램도 있어 아이들과 학생들에게 뜻 깊은 추억거리가 되는 책방이기도 하다. 책과 함께 특별한 휴가를 보내고 싶은 사람들과 책을 좋아하는 가족들이 일부러 찾아가 북스테이의 추억을 쌓는 곳이기도 하다.

1층에는 그림이 있는 전시 코너가 있고 두 부부가 세계 여러 나라를 다니며 수집한 캐릭터 인형과 다양한 입체북들을 구경할 수 있어 볼거리가 많다. 2층에 마련된 방에서는 그날 본인이 구입한 책들을 가져가서 읽을 수 있다. 그야말로 북스테이의 진미라고 할 수 있다.

오랜 세월 책과 함께한 책방지기들

책방을 운영하는 책방지기들의 경력을 보면, 오랫동안 책과 관련된 일을 하다가 책방을 연 경우가 많다. 그래서 책 추천을 잘한다. 그런데 간혹 영업은 서툴러서 안타까운 때가 있다.

마포 성산동에 있는 책방 '조은이책'은 출판사 경력 37년째인 조은희 대표가 딸과 함께 운영하고 있다. 조은희 대표는 그림책이 미적 감각을 키워주는 촉매 역할을 하고 있다고 여겨 책방 내부 공간을 차별화해서 그림책을 굿즈와 함께 전시하고 있다. 내부에는 그림책과 페미니즘 관련 책, 에세이와 문학서가 있는 책방 공간과 20년 넘게 유럽·중국·미국 등 세계 곳곳의 서점에서 구입한 그림책 캐릭터와 원서가 있는 전시 공간으로 분리되어 있다. 전시 공간에는 그림책 관련 전시회도 열고 출간 기념 사인회도 수시로 이루어진다.

또 오랫동안 편집자로 일을 하다가 과천에 책방을 차린 김현정 대표는 미국 작가 타샤 튜더를 닮고 싶어 '타샤의 책방'을 열었다고 한다. 파란색 책장과 원목이 돋보이는 책방으로 서가는 어린이책, 청소년도서, 자녀 교육서로 분류해 테마별로 진열하고 있다. 차와 책이 있는 곳으로 모임 공간이 분리되어 있어 독서 클럽, 작가 클럽, 손취미 클럽이 운영되고 있다. 견본 도서를 볼 수 있는 공간과 고객 주문 도서 코너가 눈에 띈다.

도서관 운동을 하다가 책방을 연 책방지기도 있다. 광주의 '숨' 책방을 연 이진숙 대표와 일산에 '행복한 책방'을 연 한상수 대표가 대표적인 예다.

광주 '숨' 책방을 연 이진숙 대표는 책방을 열기 전 도서관과 북카페를 운영하다가 책방으로 바꾸어 운영하고 있다. 그래서 회원들이 맘 편하게 행사 참여도 하고 책방을 위해 아이디어를 제안하기도 한다. '책 미리내' 코너는 한 손님이 지인에게 선물하는 것을 결제하고 맡기면 받는 사람이 찾으러 와 이 책방을 알게 하는 홍보 효과가 있다고 한다. 매달 한 권의 책과 소소한 선물, 손 편지를 보내주는 정기구독 서비스 '책 읽는 숨소리'와 지역 출판물 코너 등으로 차별화하고 있다.

일산 대화동에는 〈행복한 아침독서〉 신문을 발행하는 한상수 대표가 운영하는 '행복한 책방'이 있다. 오랫동안 어린이 도서관 일을 한 경력이 있어 어린이부터 어른까지 볼 수 있는 책을 엄선해 꽂아놓고 있다. 한 달에 한 번씩 바뀌는 회원 서재 코너와 '한 달 한 책' 클럽과 명절 선물 책꾸러미 '책보'도 특색이 있다. 다양한 행사를 기획해 지역 주민들과 아이들이 참여하도록 해 인기가 많다.

교통의 요지 대전의 자랑거리인 '계룡문고'도 주목할 만하다. 책 읽어주는 책방 대표와 '책 마법사'가 공간을 잘 유지하고 있어, 그곳에 드나드는 사람들과 아이들은 무척 즐겁다. 대전을 대표하는 서점으로 전국에서 꼭 들러보고 싶은 서점이라 할 수 있다. 또한 아이들이 다양한 자세로 책을 볼 수도 있고, 갤러리가 있어서 전시회와 강연회도 함께할 수가 있다. 북카페도 있어 대전의 대표적 복합 문화공간으로도 자리매김을 했다. 그림책에 대한 애정도 남다르고 남녀노소 상관없이 책을 좋아하게끔 이끌어주는 대표와 책 마법사는 전국으로 강의도 다닌다. 유치원·학교·단체 견학이 끊이지 않고 볼거리가 많은 서점이며 그림책 작가 전시나 워크숍도 정기적으로 열린다.

꿈의 섬 제주도에는 책방 '풀무질'이 있다. 원래 서울 혜화동에서 25년간 인문·사회과학 책방을 한 은종복 대표가 세 젊은이한테 책방 열쇠를 넘겨주고, 자신은 제주도에 정착해 풀무질 책방을 차려 운영하고 있다. 제주도에서는 부인이 책방지기가 천직인 남편을 위해 전시 공간을 마련했다. 내부 공간을 파티션으로 나눠서 풀무질이 걸어온 길을 보여주는 사진과 글을 전시하고 있다. 서가에는 많은 시집과 제주도에 관한 책, 글쓰기에 관한 책 등 한 권 한 권 큐레이션이 돋보이는 코너들이 많고 책을 읽을 수 있는 공간들 덕에 편하게 볼 수 있다.

마지막으로 소개하고 싶은 책방은 전주에 있는 '잘 익은 언어들'과 춘천에 있는 '책방 마실'이다.

'잘 익은 언어들'이라는 이름은 카피라이터 출신인 이지선 대표가 책방을 찾는 사람들이 책과 함께 잘 익어가길 바란다는 의미로 지었다고 한다. 책방이 책만 파는 곳이 아니라 대화도 나누고 소통의 공간이 되길 원한다고 한다. 환경에 관한 책들을 눈여겨보며 추천하고 지구를 살리기 위한 소소한 규칙을 만들어 지켜나가고 있다.

춘천에 가면 '책방 마실'이 있다. 홍서윤 대표가 마실이라는 말처럼 책방에 편하게 놀러왔으면 해서 붙인 이름이라고 한다. 동네 글쟁이들의 사랑방이라고도 하는데, 각자의 인생책을 가져와 소개하는 '타인의 취향'이라는 모임도 꾸준히 하고 있다. 독립서점보다는 작은 독서 모임을 하는 동네책방으로 자리매김을 하고 싶다고 한다.

함께 가는 책방

(14)

책방 홍보 방법

어떤 사업을 하든 제일 큰 문제는 홍보가 아닐까 그런 생각을 한다. 책방 내부는 책방지기가 원하는 대로 공사도 하고 책도 들여놓지만 사람이 올 때까지 무작정 기다릴 수는 없다.

일단 책방을 알리는 홍보물을 만들거나 회원제를 갖춰 주변 사람들한테 책방 시작을 알린다. 동네책방이나 지역서점연합회가 있다면 가입비가 있더라도 일단 가입부터 하는 게 좋다. 그런 다음 네이버를 비롯한 포털사이트에 등록해 누구나 찾아올 수 있게 한다.

다음으로는 SNS상 홍보할 수 방법을 찾아야 하는데 요즘은 책방 블로그를 만들어 매일 책방에서 일어난 일들을 담은 글을 써서 올리는 것이 좋다. 책방 일기는 책방지기에 대한 믿음과 가보고 싶은 마음을 불러일으키기에 꾸준히 운영하는 게 도움이 된다. 블로그 이웃들은 책방에서 일어나는 일도 좋지만 대부분 책 소개를 가장 좋아한다. 신간 구간 상관없이 열심히 읽고 소개하다 보면 좋은 책을 고르고 소개하는 글에 자신감이 붙는다.

다음으로는 책방 행사다. 처음 열었을 때 눈길을 끌 수 있는 것은 책방과 잘 어울리는 작가를 선정해 여는 작가 강연회다. 작가 강연회를 지역 신문이나 동네책방 행사로 올리고, 신청을 받으면 참가자 연락처를 확보할 수 있다. 행사가 끝나도 연락처가 남으니 다음 행사 때 또 연락할 수 있다. 이때 책방 회원 가입서를 오는 분들에게 제시해도 된다. 유료 회원으로 가입하면 어떤 혜택이 있는지 설명하고, 되도록이면 소속감이 들도록 하는 게 좋다. 책방은 회원제로 운영하면 구입해 간 목록들이 저장되어 재방문했을 때 책 추천하기 좋다.

곰곰이 책방에서는 매달 발행하는 신문이 있어 모든 행사나 프로그램을 신문을 통해 공지하고, 회원제로 운영하기에 회원들에게 우선 혜택을 주기가 좋은 편이다.

우리 부부는 처음에는 곰곰이 신문에만 원고를 썼는데, 지금은 책과 관련된 지역 신문이나 문예지에 책 고르는 방법이나 글쓰기에 대해 원고 청탁이 들어오면 글을 써서 보내주기도 한다. 그 글을 보고서 찾아오는 분들도 있고 블로그나 독서 카페에 퍼간 글을 보고서 찾아오는 경우도 있다.

책방지기가 외부 강의를 할 수 있다면, 지역 상관없이 도서관이나 학교·문화센터에 책과 관련된 강의를 나가도 된다. 대상은 학부모이기도 하고 아이이기도 하다. 학교도서관 강의는 좋은 책에 대한 이해와 독서의 중요성을 다루며, 실제 책방에서 추천하는 책을 읽어주거나 소개하면 좋다. 연령을 더 낮추어 유치원이나 어린이집, 영어 유치원에서 학부모를 위한 강의 요청이 들어오면 그림책을 다양하게 소개하며 강의하는 것이 바람직하다. 이때는 다섯 살, 여섯 살, 일곱 살로 구분해서 발달 상황에 맞게 강의하는 것이 도움이 된다.

다음 홍보 방법으로는 꾸준한 책 소개다.

매일 쏟아지는 책들 가운데 진주를 발견하듯이 책방지기에게는 꼭 소개하고 싶은 책들이 있기 마련이다. 부지런히 페이스북이나 인스타그램에 올린다면 책방지기와 책방에 거는 기대가 생길 것이다. 실제 곰곰이 책방도 페이스북과 인스타그램에 엄격하게 고른 추천 도서를 올려 '책 고픈' 교사나 학부모들에게 도움이 되고 있다. 요즘은 유튜브로 책을 소개하는 작가가 늘고 있어 링크를 걸어 연결해도 좋다.

다른 동네책방들과 연계해서 북 토크나 북 페스티벌을 기획해볼 만하다. 책방지기들끼리 서로 잘하는 분야를 맡아 동네책방을 홍보해보면 의외로 책방을 잘 아는 분들이 새로운 분들을 데려와 도움이 되고 책방을 몰랐던 분들도 행사가 끝나면 전화를 하고 상담도 하게 된다.

지역 도서관과 동네책방이 함께 행사를 기획해도 좋고 도서관에 꾸준히 책방의 정기간행물을 보내주어도 좋다. 사서들에게 신간 소식이 꾸준히 가면 도서관에 책을 들여놓기도 좋기 때문이다.

이외에도 지역 상가 홍보물이라든지 구청에서 발행하는 신문을 이용하는 것도 괜찮다. 해운대의 경우는 해운대구청 신문을 매달 3만 부 배부한다고 한다. 최소 비용으로 최대 효과를 보기가 좋은 광고 지면이다.

좀더 꼼꼼히 생각해 본다면, 책방의 특성에 맞게 자주 드나드는 독자층이 어떤 사람들인지 알아보고 그 독자층의 동선을 생각해서 책방을 홍보하면 더욱 좋다.

곰곰이 책방은 어린이·청소년 책방이라 유명한 산후조리원에서 취재를 나온 적도 있었다. 그 산후조리원은 산부인과와 소아 아동병원을 함께 운영했는데 웹진과 방송이 있어 직접 육아에 도움이 되는 곳을 취재하러 다니고 있었다. 또 부산에서 출산 유아용품 전시회를 할 때는 참가해 홍보하라며 연락도 오고 입장권을 많이 두고 가는 경우도 종종 있었다. 어린이 뮤지컬을 하는 극단이 방송국에서 행사를 할 때는 담당자를 알아서 서로 홍보할 수 있어 좋았다.

책방과 연대하는 행사

어린이 책방을 하면서 가장 기억에 남는 행사는 '부산어린이책잔치'다. 2000년 8월에 시작된 부산어린이책잔치는 부산의 어린이 전문 책방이 기획한 행사로 그림책 작가와 원화 전시회, 어린이도서연구회의 프로그램, 작가 강연회, 출판사의 책 전시 코너 등으로 이루어졌다. 장소는 부산 민주공원이었다. 공원에 건물이 있어서 램프형으로 올라가는 벽 부분에 출판사 부스가 자리를 잡고, 원화 전시실과 소극장·중극장으로 나누어 행사를 치르기에 아주 좋았다. 옥상에 올라가면 부산 바다와 부두 정경이 한눈에 내려다보이고 주위에는 숲길과 꽃이 있고 벤치가 있어 하루 나들이 하기에 좋은 곳이었다. 더욱이 민주공원 자체 유료 회원들이 있고, 매주 행사를 볼 수 있어 가족들이 주말에 많이 놀러 오는 곳이다.

이 행사는 파주 어린이책잔치보다 먼저 기획되었다. 첫 회는 십시일반 회비를 거두고 지원 없이 이루어졌는데, 2회부터는 출판사들이 참여하고 책 소개 팜플릿도 만들었다. 거의 20년 전이라 아이들이 어려 함께한 네 개 책방이 매달 아이들을 맡기거나 데리고 다니면서 기획회의를 하였다. 파주처럼 지자체의 지원이 있는 것도 아니고 부산시 후원비도 없이, 매년 행사 많은 10월 초에 어린이책잔치를 한다는 것은 쉬운 일이 아니었다. 그래도 행사를 준비하는 것은 재미가 있었다.

어린이를 위한 공연 중 책과 관련된 공연이 있다면 주말마다 마다 않고 서울로 가서 공연과 콘서트를 보았고, 그 공연을 부산어린이책잔치에 유치하기 위해 많은 노력을 했다. 가장 인상 깊었던 공연은 극단 사다리의 〈이중섭과 그림 속 아이들〉이었고 '백창우와 굴렁쇠 아이들'의 노래 콘서트였다. 이 공연을 유치하고 혹여나 공연비를 지불하지 못할까봐 미리 절반 이상 티켓팅을 해놓고 현장 예매를 해 공연을 성황리에 끝냈을 때 그 기쁨은 이루 말할 수 없었다.

그림책 원화 전시회도 공을 많이 들였다. 민주공원 전시장은 운동장만큼 넓어서 작가가 공간을 마음껏 활용할 수 있었다. 당시 우리나라에서는 개인으로 그림 작가 원화 전시회를 열어 주는 곳은 없었다. 한 작품 정도 갤러리에 전시하거나 여러 작가들 작품을 한데 모은 전시회는 있었지만, 작가가 자기 작품을 여럿 전시하기란 쉽지가 않다. 서울에 유명한 미술관들은 존 버닝햄이나 고미 타로 등 세계적인 작가들의 원화를 방학 시작될 때쯤 갖다 놓고 입장료로 돈 벌기에 바빴다. 그런 상황에서 우리나라 창작 그림책 작가들의 작품 전시회는 나름 의미가 있었다.

첫 해에 특송료가 너무 비싸, 두 번째부터는 큰 승합차가 있는 우리 부부가 원화를 가지러 갔다. 그런데 고속도로에서 상대 차량 과실로 교통사고를 당하기도 했다. 그래도 작가와의 약속 시간을 맞추기 위해 다른 차를 렌탈하여 달려갔다. 그렇게 원화를 받아 전시를 하면, 그림책을 좋아하는 어린이나 어른들은 보면서 신기해 했다.

행사 기간 주말에는 민주공원에 사람들이 가득 찰 정도로, 어린이책잔치는 부산시의 책 축제로 확실하게 자리 잡았다. 위에서 아래를 내려다보면 아이들이 1층 홀에서 책을 보며 그렇게 좋아할 수가 없었다. 큰 고무 양동이에 들어가 그림책을 보는 아이들 모습은 그림책 속 주인공 같아 보였다.

그런데 해가 지날수록 부산어린이책잔치는 점점 규모가 커져, 책방 연합에서 주관하기에는 힘에 부쳤다. 마침 2005년부터는 민주공원팀과 어린이도서연구회, 한국독서문화재단에서 어린이책잔치를 함께 진행하자고 제안이 들어와 부산어린이책잔치는 좀 더 탄탄한 구조로 행사를 치를 수 있었다. 민주공원 1년 행사 지원금과 출판사 후원금으로 행사 예산이 잡히고, 그림책 원화 전시장도 작가들의 창의적인 아이디어로 아이들의 솜씨가 보태져 재미있는 코너들이 늘기 시작했다. 우리 부부는 책 잔치에 오는 사람들이 스탬프 찍기를 하면 재미있을 거라 제안을 하고 출판사 기념품을 좀더 협찬 받아 선물로 주기로 했다. 그래서 좀 더 여러 장소들을 꼼꼼히 보았다.

책방 연합 행사로 시작한 부산어린이책잔치는 해를 거듭할수록 책 관련 전문 행사로 발전해 출판사들도 직접 내려와 행사에 참여했다. 어린이들에게는 하루 종일 책과 관련된 전시회, 그림 작가와의 만남, 슬라이드와 연극으로, 부모나 교사들에게는 질 높은 강의와 세미나로 다양하게 만족스러운 시간을 보낼 수 있도록 했다.

2000년부터 2015년까지 15년 동안 큰 행사를 치르면서 책에 대한 전문 지식도 쌓고 행사 준비팀과 많은 추억도 쌓았다. 지금이야 전국에 북 페스티벌이나 시에서 하는 도서전이 많지만, 당시에는 우리가 기획해서 다양한 행사를 열어 주말에 민주공원까지 오게 한다는 것이 신기하기도 했다.

그렇게 15년 동안 매년 그림책 원화 전시회를 작가별로 열게 되었고, 세대 교체가 되어갔다. 요즘은 그림책 작가들이 주로 컴퓨터로 작업을 해서 원화를 찾기가 힘든 세상이 되었고, 전시회를 보러 와서도 그림책을 천천히 감상한 후 원화를 봐야 하는데 아이들과 인증샷만 찍고 가는 사람들을 보게 된다. 그래서 책 잔치 방식에 점점 회의가 들었고, 15회를 끝으로 어린이책잔치는 사라지게 되었다.

그때 참여했던 책방들은 아직도 다들 건재하다. 이제는 다들 책방 규모를 키워 자체적으로 전시회도 강연회도 기획해서 하고 있다. 추억의 책 잔치였고, 다들 행사 전문가들이 되었다.

책방과 함께 가는 도서관

책방과 도서관은 책이라는 매개체로 연결되어 있다. 책방 서가에도 책이 꽂혀 있고 도서관 서가에도 책이 꽂혀 있어 책을 좋아하는 사람들을 만난다는 공통점이 있다. 시간적 여유를 두고 책을 사서 보는 사람들은 책방을 많이 찾게 되고, 좀 더 부지런히 많은 책들을 부담 없이 보고 싶은 사람들은 도서관을 찾게 된다. 도서관이 많은 곳은 책방이 안 된다는 말도 있지만 도서관에서는 책을 구입할 수 없기 때문에 책방이 없는 것은 굉장히 불편한 일이기도 하다.

초보 책방지기가 되어서 시간 날 때마다 한 일은 전국 책방 투어와 도서관 투어였다. 당시 어린이 전문 책방은 전국에 120여 개였고, 2003년부터는 어린이 책 중심의 '기적의 도서관'이 건립되었다. 어린이 전문 책방은 책방지기의 운영 방법과 서가의 책들이 궁금해서 다녔고, 기적의 도서관은 주변 경관과 건축물, 동선, 도서관장의 운영 방향 등을 알고 싶어 다녔다.

나는 곰곰이 책방을 운영하면서도 꾸준히 도서관에서 강의를 했다. 단발 강의도 있었고, 시리즈 강의도 열심히 했다. 강의 중에 책 소개도 할 겸 수강생에게 읽어주면 강의를 마친 후 그 책을 도서관에 신청하여 빌려보는 분들도 많았다. 소개한 책이 없다고 하는 분들에게는 도서관에 희망 도서로 신청하면 일순위로 입고가 된다고 설명했다. 그렇게 도서관 강의를 다니면서 보니 도서관에 사서가 부족해 책 분류는 하는데 읽고 권해주는 일은 쉽지 않아 보였다.

노무현 정부 때는 책읽는사회문화재단과 손잡고 전국에 기적의 도서관을 만들었다. '순천 기적의 도서관'이 1호로 지어졌는데, 전시 공간과 서가가 어린이들을 위해 편하게 되어 있고 도서관 캠프까지 할 정도로 구조가 재미있었다. 초대 관장인 허순영 관장의 10년 노고가 차곡차곡 쌓인 어린이 도서관이라 할 수 있고, 교육 도시인 순천을 알리는 데 큰 역할을 했다. 그 후 순천에는 시립 그림책 도서관도 생겨 이곳에서는 그림책 작가 전시회가 1년 내내 이루어진다. 도서관 옆에는 '도서관 옆 그림책방'이라는 뜻의 '도그 책방'이 있는데, 도서관과 연계해 행사 후 작가 사인본 그림책을 살 수 있도록 협업하고 있다.

다음으로는 '청주 기적의 도서관'이 생겼다. 청주 기적의 도서관에서는 초대 원화전으로 그림책《시리동동 거미동동》(권윤덕) 원화 전시회를 한 것이 기억에 남았다. 도서관 안의 전시장은 그동안 보지 못한 구조였다.

'제천 기적의 도서관'은 민속학을 전공한 최진봉 관장의 지휘 아래 마을 전체 주민들이 참여하는 프로그램이 많았다. 한국전쟁 때 월남한 할아버지께서 아이들에게 전쟁 이야기를 들려주고 도서관 정원에 옥수수와 깻잎 등 농작물을 심어 아이들과 함께 농사를 짓고 있었다. 잔디가 깔린 도서관 마당이 아닌 텃밭이 있는 마당이 인상적이었다. 멀지 않은 곳에 의림지가 있다는 것도 장점이었다.

춘천에 갔을 때는 작가들 추천으로 '담작은도서관'을 방문했다. 자투리땅을 얻어 문화재단에서 만든 도서관으로, 운영자와 봉사자들의 손길이 얼마나 대단한지 내부 공간을 보는 순간 알 수 있었다. 도서관 내부에 아이들이 좋아할 만한 요소들이 숨어 있었고 지역 주민들과 함께할 수 있는 행사도 눈에 보였다. 방문한 날은《우동 한 그릇》(구리 료헤이) 책을 읽고 오는 분들과 담소를 나누며 우동을 먹는 행사가 열렸다. 지금은 사립 도서관이 아닌 시립 도서관으로 바뀌었다고 한다.

광주의 '이야기꽃도서관'은 일반 공공도서관이었다가 그림책 특화도서관으로 바뀌었으며, 지금은 '예지책방'을 운영하는 노미숙 대표가 2년 동안 다져놓았다. 낮으면서 세련된 건축물과 아기자기한 서가와 다양하게 디자인한 자리들이 돋보인다. 그림책 작가들과 협업하여 전시 공간에 작가의 방을 공개해 주목받기도 했다.

노미숙 대표는 그림책 연구소와 그림책방인 예지책방을 운영하면서, 그림책을 처음 접하는 이들을 위해 '그림책 처음 학교'를 열어 운영하고 있다. 예지책방은 '예전부터 지금까지 그림책과 함께합니다.'라는 뜻을 가진 책방으로, 큐레이션이 좋고 친절한 책 소개와 사랑스러운 굿즈들이 돋보이는 책방이라 평이 나있다. 도서관, 미술관, 책방의 느낌을 느껴볼 수 있는 책방이다.

이외에도 부산과 가까운 진해, 울산 기적의 도서관도 가보았는데 이런 도서관이 지역 사회에 얼마나 큰 역할을 하는지도 알게 되었다. 부산에도 쌈지 도서관이나 어린이 도서관, 인문학 도서관들이 들어서 다양하게 책을 볼 수 있는 공간들이 늘어났다.

2018년 부산 강서구에 기적의 도서관이 처음 생겼다. 북스타트 운동부터 실시했고 영유아, 어린이, 청소년을 위한 책이 70~80퍼센트, 성인 대상 책도 20퍼센트였다. 공간이 넓지는 않았지만 새 책들이라 만족도는 높았다.

한번은 책읽는사회문화재단에서 곰곰이 책방 신문을 보고 전화를 한 적이 있었다. 아이들과 함께할 수 있는 체험 프로그램에 대해 강의를 해달라고 했다. 공동 대표인 남편이 기적의 도서관 사서들을 대상으로 도서관 체험 프로그램에 대해 강의했고 궁금해 하는 행사에 대해서도 답변을 해주었다. 그 일로 여러 담당자들을 알게 되었다. 이때 알게 된 책읽는사회문화재단 안찬수 상임이사는 부산 해운대 반송에 느티나무도서관을 지을 때 큰 도움을 주었다.

해운대 느티나무도서관은 '반송을 사랑하는 모임'을 이끌어가는 김혜정 선생님이 곰곰이 책방을 방문하면서 시작되었다. 반송에도 어린이 전문 책방을 열어 아이들이 좋은 책을 보고 자라면 좋겠다고 했다. 맞벌이 부부가 많은 지역에서 주민들과 공부방을 열어 공부도 가르쳐주고 아이들도 돌봐준다고 하여 감동을 받았다. 그렇지만 책방은 책을 사야 하는 곳이라 부담이 되니, 도서관을 짓는 것이 더 바람직하다고 제안했다. 마침 책읽는사회문화재단에 문의해보니 도서관 지을 땅만 확보되면 건물과 책은 책읽는사회문화재단에서 도와줄 수 있다고 했다. 반송은 마을 공동체가 살아 있는 동네라 도서관 지을 땅을 기증받고 지금의 느티나무도서관을 지을 수 있었다. 반송을 사랑하는 지역 주민들의 마음이 모여 지은 도서관이라 지금까지도 그곳에서는 책읽는 모임을 하고 있고 선생님들이 학교에 가서 책 읽어주는 봉사활동을 하고 있다. 마음이 아름다운 사람들이 만든 느티나무도서관은 국민은행 광고에도 나오는 등 자랑스러운 도서관이 되었다.

도서관은 동네 사람들의 사랑방도 되고, 아이들에겐 책 놀이터가 되는 곳이다. 나는 가끔씩 아이들이 좋아할 만한 책들을 모아 보낼 때도 있고, 그곳 선생님들은 그림책 봉사자 교육 때 강의를 해달라고 도움을 요청한다. 느티나무도서관 같은 따뜻한 도서관들이 많이 생기면 좋겠다.

오래 가는 책방이 되려면?

$$\boxed{15}$$

책방지기들이 신경 쓰고 유의해야 할 점

책방지기가 되어 20년을 지내다 보니 많은 사람들이 책방을 오가며 여러 이야기들을 하고 있다는 것을 알게 되었다. 그 중 가장 많이 하는 이야기가 책방지기에 관한 이야기라고 했다. 실제 사람들과 1년에 한두 번 정도는 부딪치는 일이 있었다. 책방지기는 운영을 하는 사람이므로 여러 사람들을 만나면서 원칙대로 일관성 있는 말과 행동을 해야 한다. 그래서 몇 가지 유의해야 할 점을 정리해보았다.

첫째, 책방은 내 서재가 아니다. 처음 책방 문을 열면 내가 좋아하는 책들을 도매가로 들여놓을 수 있어 마구 들여놓는다. 책방지기 취향대로 책을 들여놓다가는 책은 서가에 쌓이고 유통 결제액만 늘 것이다.

둘째, 번거롭더라도 매입과 매출을 매일 기록해야 한다. 책방지기들은 숫자와 거리가 먼 사람들이 많다. 그래서 유통 매입 명세서를 꼼꼼히 안 보는 경우가 허다하다고 한다. 번거롭고 귀찮더라도 매입 매출을 매일 기록해 책방이 안정적으로 유지되도록 해야 한다.

셋째, 손님이 오도록 기다리지 말고 손님이 오고 싶게끔 해야 한다. 책이 좋아 책방을 차려놓는다고, 손님이 오면 소개할 책 내용을 준비해 놓는다고 해서 손님이 오는 게 아니다. 독자층을 잘 파악하고 동네를 분석해 자주 오는 사람들을 대상으로 행사 기획도 하고 계절별로 환경 정리를 해봐야 한다.

넷째, 서가 정리와 신간 작업을 부지런히 해야 한다. 책방은 의외로 먼지가 많은 곳이다. 그래서 안 팔리는 책들은 수시로 먼지 점검을 해야 하고 반품도 해야 한다. 반품할 때는 작가와 출판사에 미안함을 가지고 신중하게 해야 한다. 서가에 한계가 있으니 신간 작업을 꾸준히 하되 조심스럽게 하고 구간도 늘 점검해야 한다.

다섯째, 책방도 장사이고 상업 공간이므로 도서관과는 다르다는 것을 오는 분들께 설명해야 한다. 가끔씩 여기에서 책을 보고 가도 되냐고 묻는 분도 있고 새 책들을 아이쇼핑 하고 싶어서 들어오는 경우도 있다. 그럴 때는 책방지기가 부드럽지만 단호하게 책방을 이용하는 법을 설명하는 것이 좋다.

여섯째, 책방지기는 공인이므로 약속이나 규칙을 잘 지켜야 한다.

책방 문 여는 시간, 문 닫는 시간, 요일을 변동 없이 잘 지켜야 한다. 1인 책방지기가 운영하는 책방은 잠깐의 외출도 힘들다. 외출을 하거나 외부 행사가 있다면, 시급 아르바이트라도 책방을 지켜야 한다. 시급을 아끼려다가 모처럼 방문하는 사람들에게 신용도를 잃어 문을 닫을 수 있다.

일곱째, 책방에서 손님이 지켜야 할 약속들은 책방지기와 책방지기 가족들도 지켜야 한다. 음식물 반입 금지, 서가 사진 촬영 금지 등 지켜야 할 규칙들을 책방지기가 책방 안에서 하면서 책방을 방문하는 사람들에게 제재한다면 문제가 생기기 때문이다.

마지막으로, 책방지기로서 자부심을 강조하다가 주위에 오만하다는 소리를 들을 수 있다. 책방지기는 책방을 들르는 사람들에게 친절한 아저씨도 되고 옷가게 언니 같은 아줌마도 되고 아가씨가 될 때도 있다. 그때마다 당황스러워하지 말고 기분 나빠 하지 말자. 책방지기는 벼슬이 아니고 어떤 때는 책 파는 장사꾼도 될 수 있기 때문이다.

미래의 책방

종이책의 미래를 걱정하면서 앞으로의 시대는 전자책 시장이 되지 않을까 그런 이야기를 한 지가 꽤 되었다. 종이책은 무겁고 고리타분하고 휴대하기가 불편해 점점 휴대폰으로 읽어나가는 시대 아닌가. 아날로그 감성을 가진 독자들이 디지털 시대를 살아가야 하기에 책방도 조금씩 변화를 가져와야 한다.

종이책은 전자책과는 달리 손에 쥘 수 있고 디자인과 종이의 맛을 느낄 수 있어 전자책이 그 매력을 따라갈 수가 없다. 읽기 교재 정도로 여기기에는 종이책의 매력이 너무 많기 때문이다.

그렇다고 고리타분하게 책만 전시해 놓는다고 책방이 운영이 되는 것 같지는 않다. 좀더 독자층을 세분화해 책 전시도 신경을 써야 하고 책방만이 지닌 색깔을 느낄 수 있게 해야 한다. 지금 책방은 온라인 시장으로 인해 점점 발길이 끊어지고 있는 실정이다. 사람들이 찾게 하려면 책방 공간 안에서 무언가를 꾸준히 할 수 있는 모임이 이루어져야 한다.

서가의 책들은 기본적으로 코너가 고정되어 있어 찾기가 쉽게 되어 있어야 하지만, 새로운 장르나 작가의 신간 또는 새로 발굴한 책들이 있어 오는 사람들에게 늘 신선함을 주어야 한다.

그리고 미래의 책방은 직접 방문하지 못하는 고객들이 멀리서라도 같이 숨 쉬고 있음을 느낄 수 있게 여러 SNS를 통해 소통해야 한다. 2020년처럼 바이러스가 돌 때 사람들은 집에 갇혀 아무 일도 못하는 경우가 생긴다. 이럴 때 책읽기는 큰 위안이 된다. 곰곰이 책방에서는 평소보다 독서량이 두 배 이상 늘어 책을 사러 오기도 하고 택배로 보내달라고 하는 경우도 있었다. 작가 강연회도 온라인 라이브 방송을 해서 작가와 팬들이 소통하게 하는 것이 좋다. 또 유튜브로 생동감 있게 책을 소개해준다면 그 또한 책방 활성화에 도움이 된다. 이는 의외로 많은 이들이 직접 책방에 오지 않아도 책방을 알게 되는 기회가 될 것이다. 책값 결제도 은행마다 비대면 지불이 가능하도록 시스템을 구축해 놓는 것이 좋다.

책을 소개하는 일도, 작가와 출판사와 연대하는 일도, 꾸준히 여러 매체나 온라인으로 홍보하는 일도 부지런히 해야 한다. 대면·비대면 관리가 원활하게 이루어져야 책방이 정체되어 있지 않고 활발한 책방이 되지 않을까 그런 생각이 든다.

책방지기들이 좀 더 적극적으로 시대에 발맞춰 모르는 장르에도 도전해 많은 이들이 책방을 찾도록 하고 그들과 과거, 현재, 미래의 책 이야기를 하면 가장 바람직할 것이다.

곰곰이 책방, 무엇을 꿈꾸고 있는가?

요즘은 아이들도 어른들도 우리에게 앞으로 어떻게 살고 싶은지를 자주 묻는다. 개인적으로는 자식이나 주위 사람들한테 폐 안 끼치고 건강하게 생활하며 연금 내에서 생활을 잘하는 것이고, 곰곰이 책방에 대해서는 이런저런 생각을 하게 된다.

20년 전에는 아무 것도 모르고 좋은 책만 갖다 놓으면 책방이 유지될 거라고 생각했다면, 지금은 어떻게 하면 이 책방이 잘 유지될지 고민해야 하는 시기다.

소원이 있다면 지금처럼 책방 문턱이 높지 않아 사람들이 곰곰이 책방을 서로 소개하고 자주 드나들었으면 하는 것이다. 그리고 책방 안 공간이 더 편리하고 깔끔했으면 좋겠다. 분류가 잘 되어 있고 시스템이 더 정리된다면 오는 사람들도 편하고 우리도 일하기가 편하기 때문이다.

인터넷도 없고 정보를 찾기도 힘들던 20년 전, 책방 차려놓고 책방을 알리는 일부터 시작하며 회원들이 오게끔 하려고 많은 노력을 했던 것 같다. 유료 회원 제도를 두어 곰곰이 책방 회원이라는 것이 자랑스럽게 하려고 노력했고 곰곰이닷컴도 개설했다(지금은 곰곰이 블로그로 대신하고 있다).

매일 신간을 체크하면서 설레는 마음으로 책을 보고 추천했고 북큐레이션에 중점을 두어 운영했다. 회원들이 제안한 강연회나 나들이 장소가 있으면 미리 답사를 다녀온다고 남편과 열심히 돌아다니기도 했다. 그런 우리 부부가 애처로워 회원들은 매달 신문이 나올 때마다 행사가 있을 때마다 자원 봉사를 해주었고 세부적인 일까지 함께해 주었다.

처음 시작한 공간에서 조금씩 공간을 확장하면서 5년 만에 지금의 공간으로 확장 이전하게 되고 우리 상가라는 것을 가지게 되었다. 책방 공간은 넓어지고 쾌적해졌지만 은행 대출과 유지비가 두 배로 많아져 걱정을 많이 했다. 열심히 프로그램도 짜고 행사도 많이 했는데, 작가들이 많이 방문해주고 곰곰이 신문에 원고도 실어주었다. 10주년 때와 곰곰이 신문 100호가 되고 200호가 되었을 때 축하 메시지와 그림도 직접 그려 보내주기도 했다. 덕분에 우리 주변뿐만 아니라 멀리서 일부러 오는 회원들도 늘어나고, 그로 인해 책 선정 프로그램 북클리닉과 독서 강좌들이 잘되기 시작했다. 곰곰이 식구들은 매년 한 명씩 늘어나 지금 독서 강좌를 맡은 강사만 해도 여덟 명이 되고 관리하는 직원도 네 명이 되었다. 2003년 가을부터는 경성대학교 평생교육원 독서지도사 과정을 전담해 남편과 다른 두 분의 강사들과 독서 전문 강좌를 개설해 지금까지 매학기 운영해 왔다.

앞만 보고 달리다가 2015년 볼로냐 아동도서전에 한국 그림책관이 생긴다는 소식을 들었다. 남편은 어린이책 책방 대표들이 꼭 가보고 싶어 하는 도서전에 우리도 한번 가보자며 아는 출판사에 티켓을 부탁하게 되었다. 그 다음 해 가을에는 독일 프랑크푸르트 도서전에도 가보았는데 이탈리아와 독일이 현저히 달라보였다. 도서전에서는 출판사들이 부스를 차려놓고 다른 나라와 서로 계약할 곳을 찾고 있었다. 자기 출판사 책이 계약이 되기도 하고 다른 나라 책을 계약하고 오기도 했다.

도서전에서 출판사 대표들에게 우리도 소개를 하고 얼굴을 익혔다. 귀국해서는 신간도 받고 페이스북으로 서로의 안부도 묻게 되었다. 그러면서 좀 더 폭넓게 출판사를 알아가게 되었다. 가끔씩 직거래도 하고, 목돈이 들어가는 봉투 제작이나 택배 박스 제작 때는 십시일반 후원도 해주는 관계가 되었다. 우리도 출판사가 힘들 때는 가끔씩 곰곰이 신문에 신간 무료 광고를 해주면서 도움이 되고자 했다.

홍보 방법도 바꿔 보았다. 곰곰이 닷컴을 15년간 운영했는데 폐지하고 곰곰이 블로그를 개설하면서 이웃들과 좀 더 대화를 이어가게 되었다. 곰곰이 책방 페이스북도 개설하고 인스타그램에 홍보도 하고 네이버 동네책방에 우리 책방 행사를 알려보았다. 곰곰이 신문은 유료 회원 대상의 홍보라 더 넓게 SNS상의 홍보가 필요했다. 그림책방 지도에 가나다순으로 곰곰이 책방이 가장 먼저 나와 전국에 홍보가 되어 해운대로 여행 온 김에 들르는 분도 있었다.

동네책방넷에 가입해 다른 지역 동네책방들과 교류도 하게 되었다. 개성 있게 꾸민 공간에 다양한 장르의 책을 갖다 놓고 운영하는 책방 공간을 보면서 또 한 번 고개를 숙이게 된다. 사람은 죽을 때까지 배워야 한다는 말이 저절로 나온다.

우리 부부가 꿈꾸는 책방은 공간이 용도에 따라 잘 분리되어 있고, 책과 관련된 행사가 다 가능한 곳이었으면 한다. 그러한 공간을 다양한 방식으로 구현할 수 있다는 사실을 이번에 서점을 둘러보고 깨달았다. 접근성이 좋은 상가여도 괜찮고 마당이 있는 건물이어도 좋다. 아이들과 청소년, 어른들이 와서 볼만한 책들이 있고, 작가들은 책방을 통해 독자들을 만나 힘을 얻어 더 좋은 작품들을 만들면 좋겠다.

우리가 가장 애정을 갖고 노력하는 부분은 '북큐레이션이 살아 있는 책방'이다. 책방에 오는 분들이 자신이 원하는 책 분야나 내용을 이야기하면 우리가 머릿속에 있는 데이터를 다 동원해 잘 맞는 책을 골라주는 것이다. 곰곰이 책방에서 북큐레이션(좋은 책을 선별하는 능력)을 최대한 동원하여 독자들이 책에 대한 편견을 갖지 않고 책에 대한 고민을 다 해결한다면 책방지기로서는 가장 보람된 일이 아닐까 그런 생각을 한다.

문턱 낮고 책 잘 골라주는 곰곰이 책방

어렸을 때 엄마와 함께 가던 옷가게가 있었다. 시내에 있는 그 옷가게에 들어가면 사방에 옷들이 쌓여 있어서 엄마랑 나는 옷 고르기가 힘들었다. 하지만 옷가게 아줌마에게 입고 싶은 옷을 이야기하면 구석구석에서 예쁜 옷들을 골라주어 기분 좋게 옷을 사 올 수 있었다. 엄마랑 나는 참 오래도록 단골이었고, 그 가게는 우리의 옷 고민을 싹 해결해주는 마법과도 같은 가게였다.

책방을 운영하면서 가끔씩 엄마랑 갔던 그 옷가게가 생각난다. 나는 어쩌면 단골 옷집 같은 책방을 꿈꾸고 있는지도 모른다. 며칠 전에도 유치원 아이들이 견학을 와 각자 책 한 권을 골라 돌아갔다. 그때 아이들에게 많이 들은 말이 "안 무섭고 재미있는 책 골라주세요" "공룡과 자동차가 같이 나왔으면 좋겠어요" "귀여운 토끼들이 많이 나오면 좋겠어요"였다. 이렇듯 누구든 책방에 들어가서 "이런 책 있었으면 좋겠어요"라고 말하면 서가에서 몇 권 꺼내주는 책방, 그런 책방이 곰곰이 책방이면 좋겠다.

한 출판사 대표가 책방을 방문한 적이 있었다. 그리고 멀리서 일부러 찾아온 선생님 두 분도 있었다. 곰곰이 책방이 해운대에 있어서 그런지, 아니면 곰곰이 신문이 있어서 그런지 많이 알려지긴 한 것 같다. 부산에 볼 일이 있는 분들이 가끔씩 찾아오곤 한다.

누군가 일부러 곰곰이 책방을 찾아오면 책방 식구들과 나는 많이 부끄럽다. 인테리어가 잘되어 있고 책 보유량이 많은 책방들도 많은데 상가 건물에 우리 편한 대로 인테리어 해놓고 책도 우리 마음대로 쌓아놓고 일하는 모습밖에 보여줄 게 없어서다. 곰곰이 책방은 그리 인테리어가 멋진 책방은 못 된다. 그렇지만 문턱이 낮아서 여러 사람들이 오가는 책방이다.

다행히 출판사 대표는 이런 말을 했다. "책방 인테리어는 한 번 투자해서 공사하면 끝이지만, 서가의 책은 책 골라주는 분에 의해 그냥 있지 않고 끊임없이 살아 움직이잖아요."

그러고 보니 그렇긴 한 것 같다. 책방을 차리는 일은 투자금 있고 마음에 드는 곳만 있으면 차릴 수는 있지만, 운영은 쉽지가 않다. 모처럼 큰 맘 먹고 책방을 방문했는데 찾는 책이 없으면 미안하고 손님이 오지 않으면 자괴감에 빠지기도 한다. 서가는 한정되어 있는데 구간과 신간 비율을 어떻게 해야 하나 고민도 많다. 그래도 우리는 매일 도착하는 신간들을 열심히 읽고 분석해서 설명하고 예전의 좋은 책도 부지런히 찾아서 독자에게 추천한다. 이런 게 책방을 운영하는 맛이다.

가까운 곳에 대형서점도 있고 인터넷 서점에 온갖 책들이 친절하게 주제별로 분류되어 있으며 중고서점과 도서관도 잘 되어 있지만, 내가 원하는 책을 고르기는 힘들다. 그런 고민들을 풀어주면서 함께 책을 골라보는 문턱 낮은 책방, 북큐레이터들이 책을 잘 골라주는 책방이 곰곰이가 생각하는 책방이다.

"책방이라면 책이 우선이어야 하고 책을 중심으로 무언가를
기획해야 한다. 우리는 책이 지닌 깊이와 가치를 함께 알아나
가는 과정을 보고 싶었다."

오늘도 책을 권합니다

북큐레이터가 들려주는 책방 이야기

지은이	노희정
초판 펴낸날	2021년 1월 30일
3쇄 펴낸날	2022년 5월 25일

펴낸이	김남기
편집	서상일
표지 일러스트	장병진
디자인	여YEO디자인
마케팅	남규조
홍보	하지현

펴낸곳	소동
등록	2002년 1월 14일(제19-0170)
주소	경기도 파주시 돌곶이길 178-23
전화	031·955·6202 070·7796·6202
팩스	031·955·6206
홈페이지	http://www.sodongbook.com
페이스북	https://www.facebook.com/sodongbook
전자우편	sodongbook@naver.com

ISBN	978-89-94750-72-9 (03810)
값	15,000원

이 도서는 한국출판문화산업진흥원의 '2020년 출판콘텐츠 창작 지원 사업'의 일환으로
국민체육진흥기금을 지원받아 제작되었습니다.